1AF
ROC
FRANKIE
FFEITHIAU AM DAD
RHYBUDD: CI

IE!
WPS!

AOIFE DOOLEY

GRAFFEG

Byd Frankie
Cyhoeddwyd yng Nghymru yn 2022 gan Graffeg.

Graffeg Cyf., 24 Canolfan Fusnes Parc y Strade,
Heol Mwrwg, Llangennech, Llanelli,
Sir Gaerfyrddin, SA14 8YP.
www.graffeg.com

Cyhoeddwyd gyntaf yn 2022 yn y Deyrnas Unedig
dan y teitl *Frankie's World* gan Scholastic,
Euston House, 24 Eversholt Street, Llundain NW1 1DB
www.scholastic.co.uk

Dylunydd yr argraffiad Cymraeg: Joana Rodrigues

ISBN 9781802583328

Cyhoeddwyd gyda chymorth ariannol Cyngor Llyfrau Cymru
www.gwales.com

Argraffwyd yn Tsieina TT03032023

GRAFFEG

FSC
www.fsc.org
MIX
Paper | Supporting responsible forestry
FSC® C016973

I bawb sy'n teimlo eu bod nhw'n
wahanol i bawb arall

FI
SOS COCH
FY YMENNYDD
ENW: FRANKIE
OEDRAN: 12
TALDRA: Y BYRRAF YN FY NOSBARTH
HOFF BETHAU: CELF, PIZZA A ROC A RÔL
CAS BETHAU: POP, YR YSGOL A'R YSBYTY

PENNOD 1

CROESO I FY MYD

HAIA, FRANKIE YDW I! DYLECH CHI WYBOD 'MOD I'N SIARAD FEL PWLL Y MÔR.
DWI'N
Iap!
IAP
IAP!
IAP
IAP!
GWAN
METHU
PEIDIO!

DWI WASTAD YN DWEUD Y PETH ANGHYWIR AR YR ADEG WAETHAF.
OEDDET TI'N GWYBOD BOD RHAI CRWBANOD YN GALLU ANADLU DRWY EU PEN-ÔL?
RIP
PICKLES
TEBYG I BA BERSON ENWOG YDW I?
BUZZ LIGHTYEAR!
AM DRAED MAWR! MAE'N SIŴR BOD PÊL YN MYND AM FILLTIROEDD PAN FYDDI DI'N EI CHICIO HI.

FEL ARALL, FI YDY'R PERSON MWYA CŴL DWI'N EI NABOD, YN BENDANT.
FY NELWEDD YN FY NYCHYMYG
ARTHRYLITH
ATHRYLITH PUR
UN FWYA CŴL Y DOSBARTH
LEJ LLWYR
YN OFNI DIM
(DDIM HYD YN OED PRYFED COP)
WEL, BRON IAWN
FY NELWEDD GO IAWN
METHIANT
OFNI POB DIM

DWI FYMRYN YN WAHANOL I BAWB ARALL YN FY NOSBARTH.
HOFFI CAMPAU
HOFFI COLUR
7

FI YDY'R UNIG UN SY'N HOFFI MIWSIG ROC. MAE PAWB ARALL YN GWRANDO AR FIWSIG POP, SYDD DDIM HANNER CYSTAL.
ADWAITH
Y GORAU

DWI'N TRIO BOD FEL PAWB ARALL AR Y CYFAN – MAE GEN I DDIGON I BOENI AMDANO. WIR I CHI!

BOB MIS, DWI'N GORFOD MYND I'R YSBYTY I WNEUD YN SIŴR 'MOD I'N TYFU.
DWI'N RHY FACH O LAWER AM FY OED, YN ÔL Y DOCTOR.
YR UNIG BETH DA AM HYNNY YDY CAEL COLLI'R YSGOL, SEF UFFERN, AM AWR NEU DDWY.
YSGOL TRE-COED
MAE DOCTOR MORAN YN NEIS, OND MAE O'N GOFYN GORMOD O GWESTIYNAU. MWY NA FI HYD YN OED.
WYT TI'N HOFFI CŴN?
SUT MAE'R YSGOL?
SUT HWYL SY ARNAT TI?
O Z
P E D

PAN MAE POBL YN GOFYN SUT HWYL SY ARNA I, DYDW I BYTH YN GWYBOD SUT MAE ATEB. SUT RYDW I FOD I WYBOD? MAE MRS DALY YN GOFYN I FI DRWY'R AMSER AC MAE HI WEDI RHOI'R DYDDIADUR YMA I FI.
MEH
FRANKIE
PREIFAT!
DIFLAS
MATHS
DYDY HI DDIM WEDI RHOI UN I NEB ARALL. BE SYDD MOR ARBENNIG AMDANA I?... Y SMOTYN NEWYDD, MAE'N SIŴR!
BE GOBLYN?
MI WNES I DDEFFRO UN BORE A DYNA BLE'R OEDD O, AR GANOL FY NHRWYN I.

ERS IDDO FO DDOD I'R GOLWG, MAE'R PENNAETH A MAM YN SIARAD Â'I GILYDD BRON IAWN BOB DYDD.
MIS MAI
MAEN NHW BOB AMSER YN EDRYCH YN OD ARNA I. FEL HYN!
EFALLAI EU BOD NHW'N YSTYRIED EI GADW MEWN AMGUEDDFA.
WAW!
MAE MOR ENWOG, MAE GANDDO EI GYFRES EI HUN AR NETFLIX – CYFRES 7 I DDOD YN Y GWANWYN!
PEIDIWCH Â CHYFFWRDD

MAE PLANT YN FY NOSBARTH YN EDRYCH YN OD ARNA I HEFYD AC YN DWEUD PETHAU CAS.
HA HA!
TWP
HYLL
FFRÎC
OD
HEBLAW AM SAM, FY FFRIND GORAU.
MAE HI'N MEDDWL 'MOD I'N RHYW FATH O *ALIEN*. GOBEITHIO 'MOD I – MI FYDDAI HYNNY'N ESBONIO CRYN DIPYN!
YN LLWYTHO 99%
CYFARCHION
TA-TA BYDDAI HI – ANELU AM Y SÊR YN FY LLONG OFOD, A DDIM YN GORFOD DELIO Â NEB BYTH ETO!
GARTREF O'R DIWEDD

UN PERSON DYDW I DDIM AM EI GWELD BYTH ETO YW MISS CRACKLE, FY ATHRAWES. MAE HI'N DDYCHRYNLLYD – EI CHROEN YN DEBYG I FFRWYTH CREBACHLYD A'I HANADL YN AROGLI FEL HEN FRESYCH. DWI DDIM YN SIŴR SUT OGLA YDY HWNNW, OND DWI'N DYFALU Y BYDDAI'N REIT FFIAIDD.

MISS CRACKLE

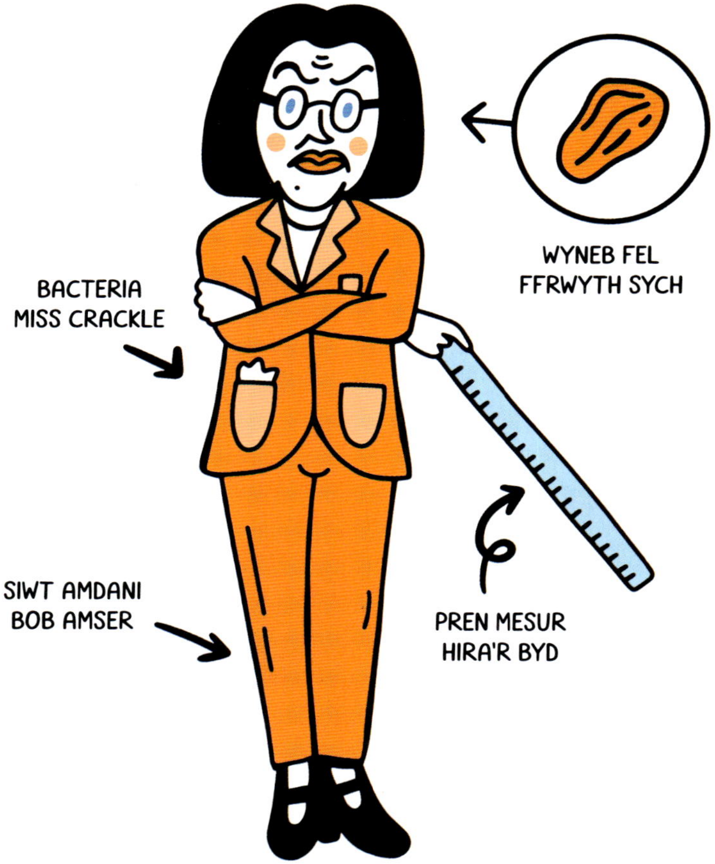

MAE GAN MISS CRACKLE DDRÔR AC YNDDO MAE 'NA HEN DEI-BO. DYNA'R GOSB I BLANT SY'N ANGHOFIO EU TEI-BO NHW.
NID TEI-BO CYFFREDIN MOHONO.
Y TEI-BO HUNLLEFUS
HŶN NA DY DAID
BAW TRWYN SYCH
MAE SÔN BOD PEN MERCH WEDI TROELLI BUM GWAITH AR ÔL IDDI EI WISGO. BU'N RHAID IDDI ADAEL YR YSGOL!

DOES NEB YN GWYBOD PWY OEDD PIAU'R TEI-BO, EFALLAI MAI UN MISS CRACKLE EI HUN OEDD O! BOSIB IAWN – MAE'R DDAU TUA'R UN OED.
CRACKLE YN Y GWYLLT
TYBED OS DWI'N EI WISGO FO, GA I ADAEL YR YSGOL HEFYD? MI DDO' I Â GWAED FFUG I WNEUD IDDO FO EDRYCH YN FWY REAL BYTH.
AAA!
HA HA
BŴM
DYNA BE FYDDAI CYNLLUN GWYCH. HEN DRO BOD MAM YN GWNEUD YN SIŴR 'MOD I'N GWISGO FY UN I CYN GADAEL Y TŶ BOB BORE.
NA!
NA
NA!
NA

BETH BYNNAG, YN ÔL AT MISS CRACKLE.
OS NAD YDY HI'N GORFODI POBOL I WISGO TEI-BO HUNLLEFUS, MAE HI WRTH EI BODD YN CLEPIAN EI PHREN MESUR AR Y BWRDD.
CLEP!

MAE'R SŴN YN GWNEUD I MI DEIMLO BOD FY YMENNYDD YN MYND I FFRWYDRO.
BOB TRO MAE'N DIGWYDD, DWI'N GALLU CLYWED REBECCA YN TUCHAN FEL PETAI HI NEWYDD REDEG MARATHON.
PWFF
PWFF
AC MAE'N GWNEUD I PAUL MAHON GRYNU FEL DEILEN! OND DYNA FO, MAE POB DIM YN EI DDYCHRYN O.
AAA!
MAE RHAI'N DWEUD EICH BOD CHI'N GALLU CLYWED EI GADAIR O'N YSGWYD O AMERICA!

MAE NADINE A SHAUNA YN FY NOSBARTH I HEFYD. DIM OND TRI PHETH MAE ANGEN I TI WYBOD AMDANYN NHW:
(1) MAEN NHW'N GAS IAWN
(2) MAEN NHW'N GALETACH NA'U GOLWG
(3) MAEN NHW'N MEDDWL MAI HARDDWCH YDY'R PETH PWYSICAF.
DRI DIWRNOD YN ÔL, GWNAETHON NHW DDWYN ESGIDIAU NEWYDD SAM HEB RESWM! PAM?

MAE DYRNAU NADINE TUA'R UN MAINT Â BWNSIAID O FANANAS. OND DYDYN NHW DDIM YN TEIMLO FEL BANANAS.
UN TRO, ROEDD GEN I GLAIS AM HYDOEDD AR ÔL IDDI FY NHARO I. ROEDD I'W WELD YN FY LLUN YSGOL I.
MAE EI MAM HI YR UN MOR GAS AC MAE HI'N EDRYCH YN DEBYG I FYMI O'R HEN AIFFT! MAE PLASTER OD AR EI THRWYN BOB AMSER.
HWYL! WELA I DI WEDYN.
MAE SAM YN DWEUD BOD Y PLASTER YN DAL POPETH AT EI GILYDD OHERWYDD EI BOD HI'N HEN. TYBED A OEDD HI O DDIFRI?

WEITHIAU, DWI'N HOFFI ESGUS 'MOD I YN RHYWLE ARALL, FEL GWYLIAU BACH I FY YMENNYDD!
RHYWLE SY'N GWEINI FY HOFF FWYD...
AAAA! MAE HYN YN BRAF.
MISS! MAE EICH CINIO CHI'N BAROD!
OND AM Y TRO, DWI'N SOWND YN Y TWLL YMA.
FRANKIE!

DWI A SAM YN CHWARAE PÊL-FASGED AMSER CINIO.
PASIA!! DWI'N RHYDD!
DIM OND NI'N DWY SY'N CHWARAE, Y LEMBO!
BOB TRO RYDYN NI MEWN CRIW, NI YDY'R OLA I GAEL EIN DEWIS, FELLY DYDYN NI DDIM YN TRAFFERTHU FEL ARFER.
DWI'N DEWIS SHAUNA!
PAUL.
NADINE.
MAE HYN OHERWYDD 'MOD I'N BRIFO TEIMLADAU POBL, MEDDAI MAM. (DWI WASTAD YN DWEUD Y PETH ANGHYWIR, COFIO?)
MAE MWNCÏOD YN JAPAN MOR GLYFAR, MAEN NHW'N GALLU DEFNYDDIO PEIRIANNAU GWERTHU! DYDW I DDIM YN GALLU DEFNYDDIO FY YMENNYDD FY HUN!

MAE FEL PETAI FY MHEN I'N LLAWN O BOBOL FACH.
LLAWN TEIMLADAU
GEIRIAU
POB UN EFO'I WAITH EI HUN.
GOFALU AM FEDDYLIAU
GOFALU AM DEIMLADAU
GOFALU AM LEFERYDD
DWI WRTH FY MODD GYDA HWN.
TYNNWCH I DDWEUD RHYWBETH OD
OND MAE RHAI OHONYN NHW'N DDIOG AC YN GWNEUD I FI DDWEUD A GWNEUD Y PETHAU ANGHYWIR SY'N ARWAIN AT HELYNT.

MAE YMENNYDD SAM YN HOLLOL WAHANOL.
LLWYDDIANT!
YSGOL YR YMENNYDD
SAM, DYWED YR ATEB WRTH BAWB.
12, MISS CRACKLE!
HI YDY'R UN MWYA CLYFAR YN Y DOSBARTH, WRTH GWRS.

RYDW I, FY CHWAER ABBEY (6), MAM (SUSAN) A JERRY (FY LLYSTAD) YN BYW YN EIN TŶ NI.
MAE ABBEY YN BWYTA, CYSGU, CWYNO A RHOI CUR PEN I FI. MAE HI 'MOND YN GAREDIG WRTHA I AR FY MHEN-BLWYDD, ER MWYN IDDI GAEL DARN O GACEN.
YYYY!
MAE JERRY YN GWEITHIO SHIFFTIAU NOS, FELLY DYDW I DDIM YN EI WELD YN YSTOD Y DYDD – EFALLAI EI FOD O'N HANNER FAMPIR!
SUSAN! PAM MAE'R GEGIN YN DREWI O ARLLEG? TI'N GWYBOD 'MOD I'N EI GASÁU.

MAM YDY FY FFRIND GORAU ARALL.
BYDDWN I'N HOFFI GALLU GWNEUD MWY EFO HI, FEL SAM A'I MAM.
DYDY CALON MAM DDIM YN CURO'N IAWN, FELLY MAE HI'N GORFOD MYND I'R YSBYTY I GAEL PROFION O HYD.
WEITHIAU DWI'N POENI AMDANI, OND HYD YN OED PAN MAE'N CAEL DIWRNOD GWAEL, MAE'N DAL I WENU.

MAE'N TŶ NI'N FACH. DYDYN NI DDIM YN GYFOETHOG, OND MI FYDDA I RYW DDYDD AC MI FYDDA I'N PRYNU PLASTY.
DWI'N BYW YMA

UN Â PHWLL NOFIO, YSTAFELL GEMAU I FI A SAM, COGYDD I WNEUD BWYD DRWY'R DYDD A BYDDAI FY LLOFFT I YN FWY NA'R YSGOL!

O! A SAITH TOILED, FEL NA FYDD NEB YN CURO AR Y DRWS BOB DAU FUNUD!
FRANKIE! WYT TI YNO O HYD?
WEDI GORFFEN!
DIM MYNEDIAD

OND FYDDWN I DDIM YN NEWID DIM YN FY YSTAFELL – FY HOFF LE!
ESTRONIAID
ADWAITH
PYNC

PENNOD 2

TAITH I'R YSBYTY

DRANNOETH.
PRYD RYDW I'N CAEL PEIDIO Â DOD YMA?
DWI DDIM YN GWYBOD, CARIAD. GOBEITHIO BYDDWN NI'N GWYBOD MWY AR ÔL HEDDIW.
DYNA RWYT TI'N EI DDWEUD BOB TRO.
DWI'N CASÁU'R YSBYTY BRON CYMAINT Â'R YSGOL.
YSBYTY
AMBIWLANS
MAE'N DREWI AC MAE'N RHAID I CHI AROS AM ORIAU. MAE MOR DDIFLAS.

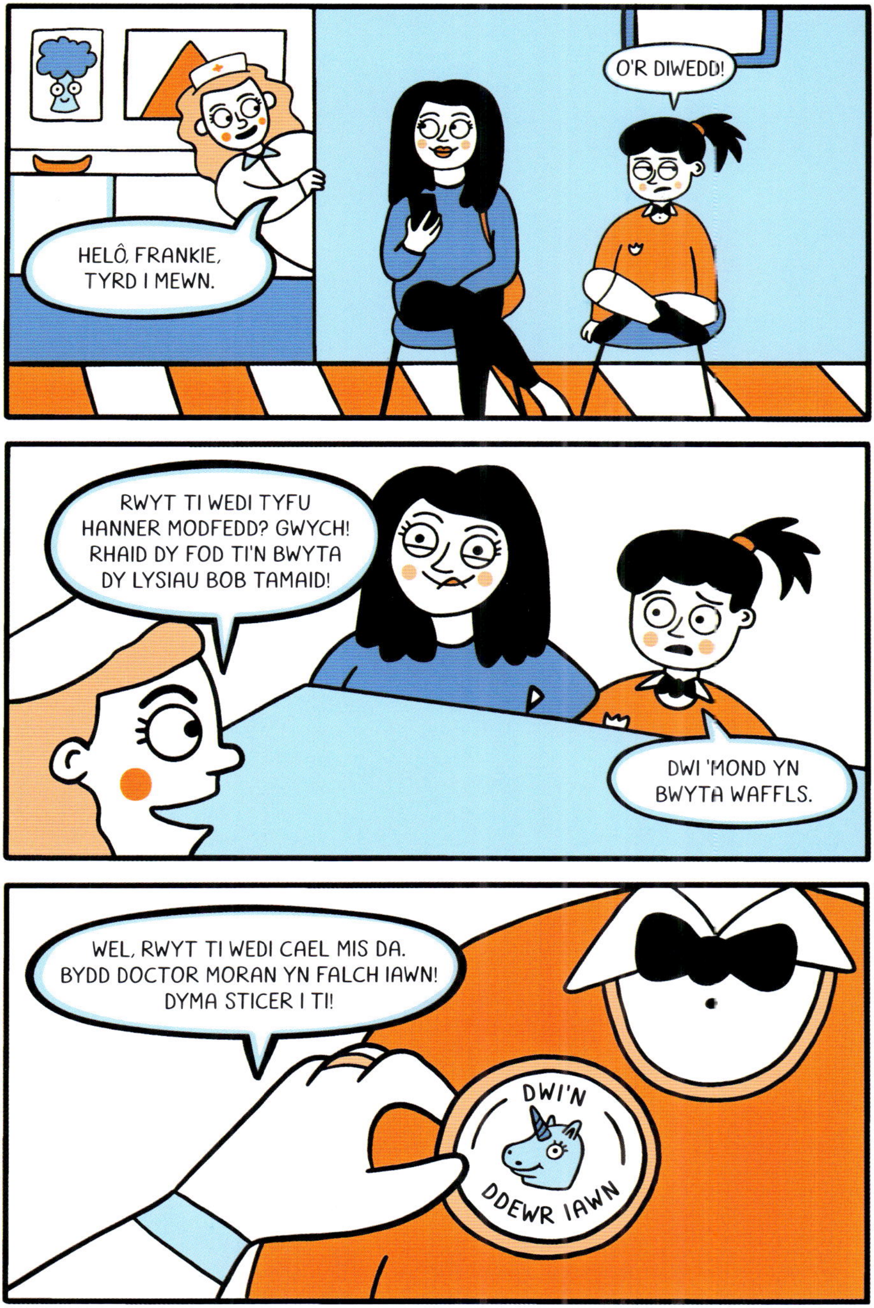
HELÔ, FRANKIE, TYRD I MEWN.
O'R DIWEDD!
RWYT TI WEDI TYFU HANNER MODFEDD? GWYCH! RHAID DY FOD TI'N BWYTA DY LYSIAU BOB TAMAID!
DWI 'MOND YN BWYTA WAFFLS.
WEL, RWYT TI WEDI CAEL MIS DA. BYDD DOCTOR MORAN YN FALCH IAWN! DYMA STICER I TI!
DWI'N DDEWR IAWN

DYMA NI ETO FYTH.
HELÔ, FRANKIE! SUT MAE'R YSGOL? RWYT TI'N MYND I'R YSGOL FAWR YM MIS MEDI, YN DWYT? SUT MAE DY FFRIND, SAM?
...
YDY'R DYN YMA'N GWYBOD SUT I GYMRYD EI WYNT?
FY FFEILIAU
FRANKIE
NAWR 'TE! MAE NEWYDD DA A NEWYDD DRWG 'DA FI.

Y NEWYDD DA YW, RWYT TI'N TYFU, Y NEWYDD DRWG... DDIM YN DDIGON CYFLYM.
BE MAE HYNNY YN EI OLYGU?
DWI'N MYND I ROI HORMON TWF I TI I GYFLYMU PETHE, GOBEITHIO.
Ha
BYDD RHAID I TI GAEL PIGIAD YN DY BEN-ÔL, OND DIM OND UNWAITH Y MIS.
GWYCH, METHU AROS.

PAM NA ALLA I FOD YN NORMAL, MAM?
RWYT TI'N NORMAL! DWI'N ADDO.
OND BE OS NAD YDW I?
BE OS OES 'NA RYWBETH MAWR YN BOD?
MWYNHA DY DDIWRNOD, BLODYN.

YN YR YSGOL.
MATHEMATEG
FRANKIE! RWYT TI'N HWYR ETO!
ALLA I DDIM RHOI FY NODYN I MISS CRACKLE RŴAN, RHAG OFN I BAWB DDEALL 'MOD I WEDI BOD YN YR YSBYTY!
PSSST, FRANKIE!

MISS, MISS,
MAE
GAN FRANKIE
NODYN
WEL, BETH ALLAI FOD YN BWYSICACH NA MATHEMATEG?
CYMRAEG?
DOEDD HYNNY DDIM YN GWESTIWN. YSTAFELL Y PENNAETH, RŴAN.
PENNAETH

DWI'N MEDDWL Y BYDD HI'N HAWS I TI GANOLBWYNTIO YMA. DIM BYD I DYNNU DY SYLW DI.
OND MISS, WNES I DDIM BYD O'I LE
MI FYDDA I'N ÔL MEWN 5 MUNUD.
YYY! MAE HYN YN BENDANT YN TYNNU'N SYLW I AC YN TROI'N STUMOG I!

YCH-PÝCH!!
O, BE DI HWN?
NADINE
NADINE
DIFFYG YMDRECH – AILADRODD BLWYDDYN 6 OS NAD YW'R GRADDAU'N GWELLA
GRADD E
CYMYSGU GYDA CHYFOEDION

OMB!
MAE RHYWUN YN DOD!!!

MAE'N DDRWG GEN
I AM FOD MOR HIR!
CAEL A CHAEL OEDD HI.

AMSER CINIO.
MI OEDD 'NA LUN OHONI FEL HYN.
BE DDIGWYDDODD WEDYN?
O!
BEEEE??
DO! MI WELAIS I O Â FY LLYGAID I FY HUN.

WYT TI O DDIFRI? WYT TI'N GWYBOD BE MAE HYN YN EI OLYGU??
AM BE MAE'R DDWY OHONOCH CHI'N SÔN?
OEDDET TI'N GWYBOD...
BOD FRANKIE YN FFRÎC? MAE PAWB YN GWYBOD HYNNY. MAE O'N ODLI HYD YN OED, FRANKIE'R FFRÎC!

CYFLYTHRENNU YDY HYNNY, DDIM ODLI.
YYY! MAE FRANKIE WEDI RHECHU! MAE'N AROGLI FEL FFA FFIAIDD.
PAM MAI YN EIN DOSBARTH NI MAE PAWB ANNIFYR?
AM MAI NI YDY'R BOBL FWYA ANLWCUS AR Y BLANED, COFIO?
DING! DING!

CYSTADLEUAETH GELF
HWRÊ!
HWRÊ!
HWRÊ!
CELF YDY FY HOFF BWNC. DYNA'R UNIG DDAWN SY GEN I.
NEWYDD CYFFROUS! MEWN PYTHEFNOS, MI GAWN NI GYSTADLEUAETH GELF.
DAAAA!! DWI'N MYND I DYNNU LLUN *ALIEN* MEWN LLONG OFOD.
Y THEMA YDY EICH GWIR GYMERIAD. BYDD TAIR GWOBR – CYNTAF, AIL A THRYDYDD.
HEN DRO.

SUT ROEDD YR YSGOL? DDYSGAIST TI RYWBETH NEWYDD?
NADDO, DIWRNOD DIFLAS FEL ARFER.
WEL, MAE GEN I SYRPRÉIS I TI GARTRE.
YDW I'N CAEL SYRPRÉIS HEFYD?
CI BACH? GITÂR? FFÔN?
NA. ABBEY, PAID Â CHICIO'R SEDD.

TOCYNNAU CEFN LLWYFAN? TAITH MEWN HOFRENNYDD I'R CYNGERDD? LIMO?
VIP
YYYYY... POSTER NEWYDD? BOCHDEW?
9
11
BYDD DDISTAW! TI'N GWNEUD DIM BYD OND SIARAD!
BE AM...

DYDYN NI DDIM YN BWYTA WRTH Y BWRDD YN EIN TŶ NI.
DOES DIM OTS – RYDYN NI'N CAEL GWYLIO'R TELEDU.
HAHA
MAM! MAE 'NGHYW IÂR I'N CYFFWRDD Â'R SAWS ETO.
BYDD Y CYFAN YN CYFFWRDD PAN FYDD O YN DY FOL DI, FRANKIE.

OND PAN MAE 'MWYD I'N CYFFWRDD Â'I GILYDD, MAE O'N YCH-PÝCH.
MAE'N IAWN. PAID BOD MOR SENSITIF.
DWI WEDI BWYTA POB DIM, MAM. GA I ANRHEG FRANKIE RŴAN?
FRANKIE!

MAE PAWB O HYD YN DWEUD 'MOD I'N RHY SENSITIF. RHAID I FI GALEDU, REIT SYDYN!
DIM MYNEDIAD
GÊM AR BEN
DWI DDIM YN OFNI DIM BYD!
PRY COP ENFAWR
BWWW!
AAA!
AAA!

ROEDD O MOR FAWR Â HYN!!! A BRON Â CHYFFWRDD Â 'MAWD I, OND WNAETH O DDIM.
WYT TI'N BAROD AM DY SYRPRÉIS?
TA-DA!

CARTREF
BE... OND DYDW I DDIM YN GWNEUD KARATE??
WEL, MI RWYT TI RŴAN! MAE'N BRYD I TI DDYSGU SUT I AMDDIFFYN DY HUN. DWI'N GWYBOD DY FOD DI'N CAEL AMSER ANODD YN YR YSGOL.
PAN SONIAIS FOD ANGEN CALEDU ARNA I, DDIM DYMA OEDD GEN I MEWN GOLWG.
OND MAM, DWI DDIM YN NABOD NEB YNA! BETH PETAI RHYWUN YN RHOI CWEIR I FI, BETH PETAI...

BE OS YDY O'N HWYL?
OS WYT TI'N MEDDWL BOD HYNNY'N HWYL, DWYT TI DDIM YN GWYBOD BE YDY HWYL.
MAE BWYTA HUFEN IÂ YN HWYL, CHWARAE GEMAU CYFRIFIADUROL – HWYL!
RWYT TI'N MYND, FRANKIE, A DYNA FO.
NA, DYDW I DDIM!

PAM DWI'N GORFOD MYND I'R WERS WIRION 'MA? TASWN I ISIO CAEL FY NYRNU, DWI 'MOND YN GORFOD EDRYCH AR NADINE.
TEITHIO
PIZZA
FFASHWN
COFFI
BECWS
DDYLWN I DDIM GORFOD TALU AM Y FRAINT!
DOJO
DYMA'R SYRPRÉIS GWAETHA ERIOED.

CROESO I'R DOSBARTH! BE YDY DY ENW DI?
FRANKIE.
MAE PAWB YMA YN EDRYCH BRAIDD YN OD A GWAHANOL HEFYD. DOES GAN NEB DDYRNAU FEL BWNSIAID O FANANAS FELLY MAE'N SIŴR Y BYDDA I'N IAWN.

WEDYN DYMA NI'N DYSGU'R SYMUDIAD YMA A'R SYMUDIAD YMA A'R SYMUDIAD YMA AC YNA DYMA NI'N SBARIO!
GAIR ARALL AM YMLADD YDY HYNNY!
FELLY MI WNEST TI FWYNHAU DY HUN? A CHAEL HWYL, HYD YN OED?

PENNOD 3

MAE DAD YN *ALIEN*!

WEL, DWI WEDI CAEL FY MHIGIAD CYNTAF. GOBEITHIO WIR 'MOD I'N TYFU RŴAN.
YN GYNHARACH.
FYDDI DI'N TEIMLO DIM BYD! RŴAN, ANADLA'N DDWFN.
RHAID I MI WISGO PLASTER. O LEIA' DOES NEB YN GALLU'I WELD O!
PLASTER GWIRION!

DWI HEB BENDERFYNU BE I'W WNEUD AR GYFER Y GYSTADLEUAETH GELF CHWAITH.
SUT RYDW I FOD I GREU RHYWBETH PAN DYDW I DDIM YN GWYBOD PWY YDY'R FI GO IAWN?
FRANKIE, WNEI DI FYND I'R SIOP? MAE ANGEN BARA ARNON NI!
O IE!
RHIF 1
WHWW
WHWW

AR Y FFORDD I'R SIOP.
DWI'N MYND I DDEFNYDDIO MELYN, GWYRDD A GLAS. SUT LUN WYT TI AM EI WNEUD?
DWI DDIM YN SIŴR ETO...
DIM OND PYTHEFNOS SYDD TAN Y GYSTADLEUAETH. RHAID I TI FEDDWL AM RYWBETH!
MAE SAM YN GLYFAR, OND MAE HI'R UN MOR DDI-GLEM Â FI AM DDARLLEN IAITH Y CORFF.
IAP
IAP

BLASAU BLASUS! RODDODD DY FAM ARIAN I TI BRYNU FFERINS?
- BLASAU BLASUS -
WEL, DYDY BARA DDIM MOR DDRUD Â HYNNY...
ID
Lotto
18
A LLOND BAG O JIRAFFS JELI, BLASAU BLASUS, FFERINS FFISI A CHEINIOGAU SIOCLED

06 - SIOP SIÂN - 06
EFALLAI FOD RHAID I NI FEDDWL PWY WYT 'TI' ER MWYN PENDERFYNU AR DY LUN I'R GYSTADLEUAETH.
BE YDY DY HOFF LIW DI?
GLAS?... WN I DDIM?
PA AIR SY'N DY DDISGRIFIO DI ORAU?
DDIM YN NORMAL

IAWN... DYNA DRI GAIR, OND BE WYT TI'N EI OLYGU?
FI YDY'R UNIG UN YN YR YSGOL SY'N MYND I'R YSBYTY, MAE PAWB YN MEDDWL 'MOD I'N OD A DWI'N SIŴR BOD FY YMENNYDD I WEDI TORRI.
DYDY DY YMENNYDD DI DDIM WEDI TORRI. RWYT TI'N DWEUD PETHAU HEB FEDDWL WEITHIAU, DIM BYD MWY.
IA, OND DIM OND UN PETH YDY HYNNY. MAE LLWYTH O BETHAU ERAILL HEFYD.
DW'N TEIMLO 'MOD I'N DOD O BLANED WAHANOL WEITHIAU.
DWI'N MEDDWL BOD MAM O BLANED WAHANOL HEFYD.

BETH BYNNAG, WYT TI'N EDRYCH YMLAEN AT Y TRIP?
YDW! MAE MISS JONES YN DEWIS RHYWLE DA BOB TRO.
ALLA I DDIM CREDU MAI HWN FYDD EIN TRIP OLA NI.
PWY ŴYR! EFALLAI Y BYDD TRIPIAU YN YR YSGOL UWCHRADD HEFYD?
EFALLAI Y BYDDAN NHW'N MYND Â NI I'R GOFOD!
BYDDAI HYNNY MOR CŴL! OND DWI'N AMAU A FYDD WAFFLS AR GAEL YNA.

DYMA RAY, FY NGHYMYDOG. MAE O WRTH EI FODD YN HEL CLECS.
HELÔ GENOD!
AM DDEL!!
A FFLWFFLYD!
FY FFRIND NEWYDD I! DYMA FROOGIE! MAE WEDI DOD O'R LLOCHES.

FROOGIE! PAID!
O NA!
YDAN NI WEDI'N MELLTITHIO? DWI'N MEDDWL EIN BOD NI.
MAE HYN YN WAETH NA LWC WAEL...
MAE'N WIR DDRWG GEN I!

FFERINS ABBEY!
TY'D Â NHW I FI!
CNOC
CNOC
DY FAM!
OOOOO! OND DOEDD HI DDIM I FOD I 'NÔL I TAN 7.
MAE MAM SAM YN GLÊN. MAE HI'N GWERTHU PETHAU O DDRWS I DDRWS.
STWFF DIWERTH DOES MO'I ANGEN AR NEB

WEDI CAEL DIGON AR ANWESU'CH CI? FE GAIFF ANWESU EI HUN EFO'R ANWESWR 3000!
HOFF BETH CŴN
DIM AWYDD GOLCHI LLAWR Y GEGIN BYTH ETO? GADEWCH I *ROBOMOP* WNEUD Y GWAITH!
MAE HAWL GAN YR HENOED I GAEL HWYL HEFYD! – *YMDDEOLWYNION*! DEWCH Â'CH NAIN I'R PARC AM SBIN!

WELL I FI FYND. WELA I DI YN YR YSGOL!
HWYL!

DRANNOETH.
PLESER
PRYNU
SÊL
FFRES
BOB DYDD SUL, RYDYN NI'N MYND I SIOPA EFO MAM.

ECWS
CACENNAU
MAM, GAWN NI HUFEN IÂ AC EISTEDD WRTH Y FFYNNON?
SYNIAD GWYCH!
DYMA'R FFYNNON. DISGYNNODD ABBEY I MEWN IDDI UN TRO.
BLODAU
GEMAU
MAM, MAE ABBEY'N TRIO GWNEUD TRWYN O'I CHORNET HI ETO.
ABBEY! SAWL GWAITH MAE'N RHAID DWEUD – RHO'R GORAU IDDI!

MAE TOILEDAU'R GANOLFAN SIOPA YN DREWI'N OFNADWY.
MAM!
BRON Â GORFFEN.
SUE! SUT RWYT TI? ERS OES PYS!
ARGOL FAWR, GINA!

A PHWY YDY HON? EW, MAE HI'R UN FFUNUD Â'I THAD!
YDY, AC MAE HI'N YMDDWYN R'UN FATH AG O. DYMA ABBEY. DYWED HELÔ.
HELÔ!
MAE ABBEY YN YMDDWYN FEL JERRY, YN CWYNO FEL TIWN GRON.
OND BE OS DWI'N YMDDWYN FEL FY NHAD I?! BE OS YDY O'N *ALIEN*?

DWI DDIM YN COFIO FY NHAD. MI ADAWODD O PAN O'N I'N FABI.
WEITHIAU, DWI'N MEDDWL TYBED BLE MAE O, AC A YDY O'N MEDDWL BLE RYDW I.
FFEITHIAU AM DAD
LLYGAID *ALIEN* GWYRDD
FFYSLYD AM EI FWYD, YN UNION FEL FI
DYDY MAM DDIM YN HOFFI SÔN AMDANO. DWI DDIM YN GWYBOD PAM. DWI'N EI HOLI HI AMDANO FO RŴAN AC YN Y MAN AC YN GWNEUD NODIADAU.

DYMA DAD (YN FY MARN I)

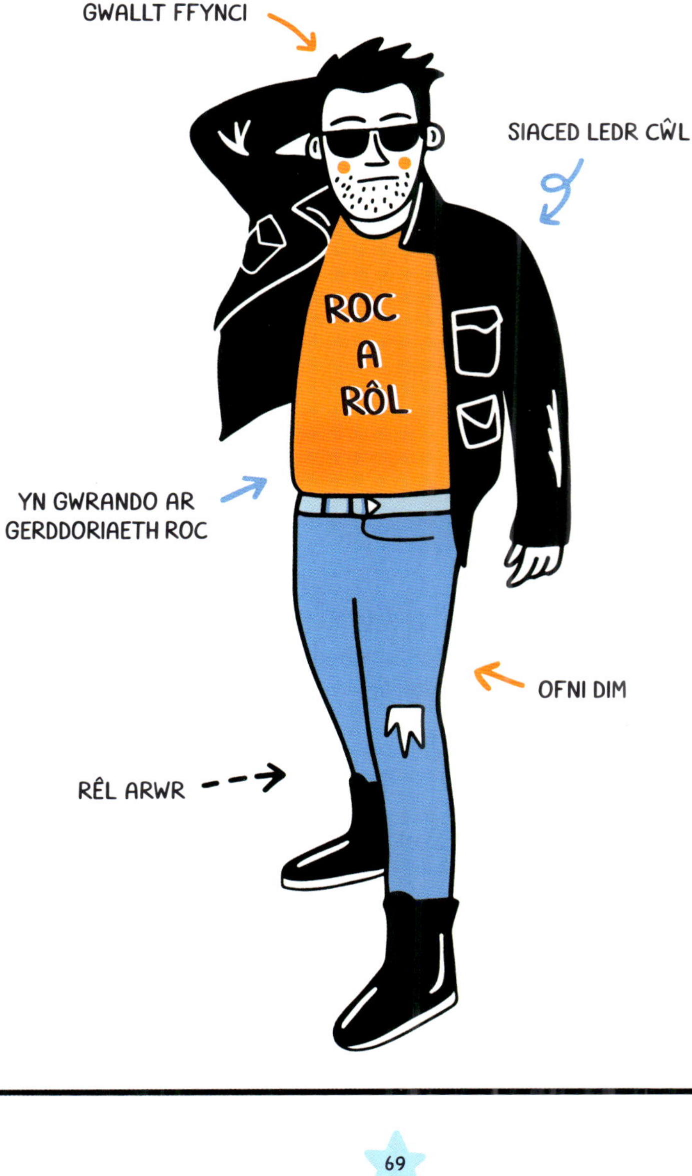

MAM, GA I FFONIO SAM?
AR ÔL BOD EFO'CH GILYDD DRWY'R DYDD?
CARTREF
PAID Â GWNEUD SŴN, MAE JERRY YN CYSGU.

SAM! BE OS YDY DAD YN *ALIEN*? MAE ABBEY YN YMDDWYN FEL JERRY – BE OS DWI'N YMDDWYN FEL FY NHAD I?
WO! ARA DEG!
MAE'N RHAID I FI DDOD O HYD IDDO FO!
WYT TI'N GWYBOD BLE MAE O'N BYW? YDY EI ENW FO AR DY DYSTYSGRIF GENI DI?
NAC YDW... A DYDW I DDIM YN GWYBOD. PAM?
CHWILIA AMDANI A TY'D Â HI I'R YSGOL.
DWI'N GWYBOD BLE MAE HI, OND MAE'N ANODD CAEL GAFAEL ARNI HI.
PRY COP ENFAWR

PAN MAE EISIAU RHYWBETH ARNAT TI GO IAWN, RHAID I TI FOD YN DDEWR. AR RADDFA DEWRDER, FY SGÔR YW TUA DAU A HANNER ALLAN O DDEG.
CH-CH-CH-CH

RHAID...
I FI...
FOD YN...
DDIST...

MAE'R GORIADAU YN Y PEIRIANT GOLCHI LLESTRI. NA, DIM HAM I MI, DIOLCH.
GALLA I WNEUD HYN, GALLA I WNEUD HYN ...
IAWN. AMDANI!

MAE'N FWY O LAWER NAG RYDW I'N EI GOFIO.
DACW HI!!

GO DDA!
WWWFF!

BE OS YDY HYN YN SYNIAD GWAEL? BE OS DWI'N MYND I DRWBWL? BE OS DWI'N CAEL SAM I DRWBWL?
MAE RHYWUN YN DOD!
NOS DA

CAEL A CHAEL OEDD HI!

PENNOD 4

YR ARCH-ODS YNGHYD!

BORE TRANNOETH
MABOLGAMPAU
CACENNAU AR WERTH
MAE GOLWG MAWR ARNAT TI!
DIOLCH.

TYSTYSGRIF GENI
MARK SAUNDERS...
GWYCH! MAE EI LOFNOD O YMA! FELLY, Y CYNLLUN YW...
BE YDY HYN?
NADINE!! RHO HI'N ÔL!
BE WNEI DI?
NEIDIO AMDANI?

NADINE!
RHO HI'N ÔL!

O MAM BACH... HOFFI DY WALLT DI, REBECCA!

GEST TI DY BRES YN ÔL?

EISTEDDWCH!! BETH YDY'R HOLL DWRW YMA?
SHAUNA, BLE MAE DY DEI-BO DI?
DWI'M YN GWYBOD, MISS.
WEL, UN PETH MAE HYNNY'N EI OLYGU.
PAWB I EISTEDD! MAE'N BRYD AM Y PRAWF.
WYTHNOS MATHS
PRAWF!?! WNES I ANGHOFIO'N LLWYR!

GOBEITHIO'CH BOD CHI I GYD WEDI ADOLYGU. COFIWCH, BYDD HWN YN CYFRIF TUAG AT EICH GRADDAU TERFYNOL.
ALLA I DDIM CREDU 'MOD I WEDI ANGHOFIO AM Y PRAWF!
CLECS

DYDW I DDIM YN GWYBOD YR ATEB I GWESTIWN UN!
NA HWN?!
DWI'N MYND I FETHU. FYDDA I DDIM YN CAEL MYND ALLAN BYTH ETO.
TY'D, YMENNYDD! CANOLBWYNTIA!
AAAAAAAA!!!

YDY EI PHEN HI'N TROI ROWND A ROWND?

PAID Â PHOENI, DWI'N SIŴR GWNEI DI BASIO.
IA, IA...
RWYT TI'N DEBYG I FACHGEN.
YDY DY WALLT DI'N TEIMLO'N OD?
GA I EI GYFFWRDD O?
BE DDIGWYDDODD?
WYT TI ISIO EISTEDD EFO NI?

BLE MAE DY WALLT DI I GYD WEDI MYND?

LLAU PEN. MAM DORRODD O.
DWI'N MEDDWL EI FOD O'N EDRYCH YN CŴL!

TI'N EDRYCH FEL PYNC!
REBECCA

O, AM GAEL ARCHBWERAU!
YR ARCH-ODS
UN FYDDAI GALLU GWNEUD FY NGWAITH CARTREF MEWN LLAI NA 5 EILIAD.
WEDI GORFFEN! GWRANDO AR GERDDORIAETH RŴAN
UN ARALL BYDDAI ORIAWR FYDDAI'N GWNEUD I FI DDIFLANNU.
DIM MYNEDIAD, FRANKIE!!
HEHE
PWY DDYWEDODD HYNNA?!

BYDDAI'N DDEFNYDDIOL I OSGOI GWAITH TŶ HEFYD.
FRANKIE??! HELÔ?

ARCHBŴER SAM FYDDAI DARLLEN MEDDYLIAU.
RWYT TI'N MEDDWL AM MISS CRACKLE YN DAWNSIO AR TIKTOK.

BYDDAI PWMP ASTHMA REBECCA YN GALLU RHEWI BWLIS HEFYD.

DYNA WNA I AR GYFER Y GYSTADLEUAETH!
AWW!
GA I TI AR Y TRIP, FFRÎC!

MAM... YDW I'N FFRÎC?
FFRÎC? NAC WYT SIŴR IAWN! PAM RWYT TI'N GOFYN Y FATH BETH?
'MOND MEDDWL.
DWI'N GWYBOD BOD POBOL YN DWEUD PETHAU CAS YN DY YPSETIO DI.
TI A SAM YDY'R UNIG RAI SY'N FY NEALL I. DWI'N TEIMLO 'MOD I'N SIARAD IAITH WAHANOL Â PHAWB ARALL.

LLT
14
TECAWÊ TONY
14
AR AGOR
Y GWIR YDY, MAE RHAI POBL YN OFNI BOD YN NHW EU HUNAIN.
PAID BYTH AG OFNI BOD YN TI DY HUN. RO'N I'N RHY HEN YN DYSGU HYNNY.
BYRGARS
BOCS BWYD
BARGEN
RWYT TI'N GLYFAR, DONIOL A CHAREDIG. PAID Â GADAEL I NEB WNEUD I TI DEIMLO'N FACH.
OND DWI YN FACH?
TI'N GWYBOD BE DWI'N EI OLYGU!

HEDDIW, BYDD RHAI OHONOCH CHI'N CAEL EICH BANDIAU MELYN. BYDDWN NI'N SBARIO HEFYD!
PAWB I RANNU'N BARAU.

RWYT TI WEDI DOD YN DY FLAEN YN WYCH DROS YR WYTHNOSAU DIWETHAF. DYLET TI FOD YN FALCH IAWN. DWI'N GALLU GWELD GWAHANIAETH MAWR YNOT TI.

OCÊ! FRANKIE
AAAAA
HMM, TYBED...
DEBBIE!
IAWN, RWYT TI'N GALLU WNEUD HYN!
FFRÎC

BLOCIO

DYDW I DDIM YN GWYBOD SUT, OND MI ENILLAIS I FY MANDIAU MELYN!
EFALLAI FOD GEN I ARCHBŴER, YR ARCHBŴER I ROI CHWIP DÎN!
WYT TI'N FY NGHREDU I RŴAN?

MAM!!!
MAM!!!
BLE MAE MAM?
PAM MAE
ABBEY YMA?

MAE MAM YN YR YSBYTY.
BYDD POPETH YN IAWN. BRYSIA, CAU DY FELT!
DYNA SY'N DIGWYDD PAN MAE'CH MAM CHI'N SÂL. RYDYCH CHI'N POENI BOB AMSER BOD RHYWBETH FEL HYN YN MYND I DDIGWYDD.

GOFAL DWYS
GOFAL DWYS
PELYDR-X

ROEDD EI CHALON HI'N CURO'N AFREOLAIDD. MAE HI'N SEFYDLOG RŴAN, OND MAE ANGEN GORFFWYS ARNI.

PENNOD 5

TŶ NAIN A TAID

YN DDIWEDDARACH.
YDY MAM YN MYND I FOD YN IAWN?
DWI'N GORFOD MYND YN ÔL I'R YSBYTY, OND MI AF I Â CHI'CH DWY AT NAIN A TAID CYN HYNNY.
DIM MYNEDIAD FRANKIE!!
WYT TI'N WRTHI'N PACIO, ABBEY?
YDW!
SUT MAE DISGWYL I FI GANOLBWYNTIO AR DDIM? DYDW I DDIM YN GWYBOD BE SY'N DIGWYDD A DOES NEB YN DWEUD DIM.

DWI'N HOFFI AROS EFO NAIN A TAID. MAE GANDDYN NHW LWYTH O HEN LUNIAU AR HYD Y LLE – RHAI'N DDONIOL IAWN HEFYD!
MAE CINIO NAIN YN FENDIGEDIG!
A'I PHWDINAU!
DYSGLAID ENFAWR O HUFEN IÂ
OND DIM OND DWY YSTAFELL WELY SYDD GANDDI, MAE HYNNY'N GOLYGU...
RHANNU!!

3 RHESWM DROS BEIDIO Â RHANNU LLOFFT EFO ABBEY...
DYDY HI DDIM YN DEALL YSTYR Y GAIR PREIFATRWYDD
WO! NAIN BIAU HWN?
MAE HI'N RHECHU YN EI CHWSG
MAE HI'N CRAWCIAN FEL GWYLAN WRTH GANU!

FRANKIE, EDRYCHA!
PAID! DWI'N TRIO TYNNU LLUN.
WO!!!
AAAAA!!!

NAAAAA!!!
BE DDIGWYDDODD, PWT?
IA, MAE'N SIŴR! MI ROEDDAT TI'N TRIO GWNEUD.
FRANKIE, DAMWAIN OEDD HI!
DOEDD GEN I DDIM CHWAER PAN OEDDWN I'N FACH, DIM OND 4 BRAWD!

RHAID I CHI'CH DWY FOD YN FFRINDIAU. RYDYCH CHI'N LWCUS I GAEL EICH GILYDD.

BRYSIA
WELLA
I MAM
GOBEITHIO BYDDI DI'N WELL YN FUAN AC YN DOD ADREF ~~YN FUAN~~ WYTHNOS YMA. METHU TI
GWYCH! DWI AM EI ROI FAN HYN RHAG OFN I NI EI ANGHOFIO FO FORY.
BRYSIA
WELLA
C
R
A

DRANNOETH.
C'MON CYMRU!
DEWCH O'NA, GENOD!
MAE RYGBI YN DDIFLAS...
MAE NAIN A TAID YN HOFF O RYGBI. FY MODRYB SYDD AR Y TELEDU – MAE HI'N HYFFORDDWRAIG.
CHWARA BUDUR, REFFARÎ!!

FRANKIE, EFALLAI MAI
TI FYDD UN NESA'R
TEULU I CHWARAE!
DYDY NAIN ERIOED WEDI BOD
I FABOLGAMPAU'R YSGOL.
IE...
HA HA
MEDAL
YMDRECH
DEG

NA, ARLUNYDD FYDD HI! YNTE?
IA! EDRYCHWCH AR FY LLUN I AR GYFER Y GYSTADLEUAETH GELF.
GWYCH! POB LWC I TI, 'MECHAN I!

ER 'MOD WEDI GWNEUD LLUN, ROEDDWN I'N DAL I FOD EISIAU CHWILIO AM FY NHAD.
CAFODD SAM SYNIAD GWYCH.
DWI WEDI GWNEUD CERDYN NODDI. GALLWN NI ESGUS EI FOD AR GYFER TAITH GERDDED?
PAN FYDD O'N EI LOFNODI, GALLWN NI EI GYMHARU EFO'R DYSTYSGRIF GENI.
DIM OND DAU DŶ SYDD Â CHOFNOD O RYWUN O'R UN ENW, FELLY RHAID EI FOD O'N UN O'R RHAIN.
PRYD AWN NI?
AR ÔL Y TRIP, AR ÔL I'R BWS EIN GOLLWNG NI WRTH YR YSGOL.

BYDD GAREDIG
YSTAFELL 12
YDY MAM YN IAWN?
WN I DDIM, DWI'N MYND I'W GWELD HI PNAWN 'MA.
DOES NEB YN DWEUD DIM. DDIM WRTHA I, O LEIA
GOBEITHIO BYDD HI GARTREF YN FUAN. DWI DDIM YN MEDDWL GALLA I RANNU EFO ABBEY AM LAWER HIRACH.
HEI!

CNOC CNOC!!
NEB GARTREF.
MAE GEN I DDIGON AR FY MHLÂT HEB ORFOD DELIO EFO NADINE HEFYD.
MAE'N GWNEUD I MI EISIAU PEIDIO Â BODOLI WEITHIAU.
COFIA AM Y TRIP!

DOSBARTH CELF – Y GYSTADLEUAETH!
MAE PAWB OHONOCH WEDI BOD YN GWEITHIO'N GALED DROS Y PYTHEFNOS DIWETHAF!
Y LLUN SY'N CAEL Y NIFER FWYAF O BLEIDLEISIAU FYDD YN ENNILL.
DWI'N MEDDWL EI FOD YN DDA, DWI'N GOBEITHIO...
TI SY'N ENNILL!
SAM, TI'N EDRYCH FEL UWCH-ARWRES!
EDRYCHWCH AR Y LLIWIAU!
MAE O MOR CŴL!

SUT MAE HI WEDI ENNILL?! DYDY O DDIM MOR DDA Â HYNNY.
DYDY HYN DDIM YN DEG!
MAE'N WELL NA DY UN DI, A BOD YN DEG.
PRYDFERTH
• CAREDIG
• HYFRYD
• MODEL GO IAWN

ALLA I DDIM CREDU 'MOD I WEDI ENNILL.
FY NGWAITH I AR DDRWS Y STAFELL DDOSBARTH!
YSTAFELL 14
1
DOSBARTH CELF

W-HW! BYDD RHAID I NI DDATHLU'N DDIWEDDARACH. BYDD DY FAM WRTH EI BODD.
MAM!
FRANKIE! ABBEY!
ENILLAIS I'R GYSTADLEUAETH GELF YN YR YSGOL HEDDIW.

WAW – DA IAWN TI! BANDIAU MELYN A RŴAN Y GYSTADLEUAETH GELF?
DWI'N GWYBOD.
AC RYDYN NI WEDI GWNEUD HWN I TI.
AM HYFRYD!
DYDW I DDIM YN HOFFI GWELD FY MAM YN YR YSBYTY, YN ENWEDIG EFO GWIFRAU A THIWBIAU YM MHOBMAN.

SORI, RHAID I CHI FYND RŴAN.
106
OND NEWYDD GYRRAEDD RYDAN NI!
DWI WEDI RHOI PRES I NAIN AM Y TRIP. MWYNHA DY HUN.
CARU TI, MAM!
A PHAID Â PHOENI, BYDDA I GARTREF YN FUAN.

YN DDIWEDDARACH.
HELÔ? PWY SY' 'NA? FRANKIE PWY? ARHOSWCH AM EILIAD... FRANKIE!
O, MAE'N DDRWG GEN I. YR HEN OFFER CLYW 'MA! SAM, I TI!
NAIN, DWI FAN HYN!
HAIA, BE SY?
DWI'M YN GALLU MYND AR Y TRIP.
BE? PAM DDIM??

MAE ROGER, CEFNDER MAM, WEDI MARW.
MAE'N DDRWG IAWN GEN I, SAM.
OND BE AM Y CYNLLUN I CHWILIO AM DAD? RHAID I TI DDOD AR Y TRIP.
WNA I OFYN I MAM ETO PAN FYDD HI'N STOPIO CRIO, OND GALLAI HYNNY GYMRYD SBEL.

RHYW FATH O GYSTADLEUAETH OEDD HI. MAE'N DEBYG EI FOD O WEDI BWYTA GORMOD O ADENYDD CYW IÂR.
BE??
BETH BYNNAG, MAE'R ANGLADD YN Y BORE.
RHAID I FI HELPU SAM – CHAIFF HI DDIM COLLI'R TRIP.
HMM, TYBED BYDDAI CUDDWISG YN GWEITHIO?
REBECCA
08563
OS YDY HYN YN MYND I WEITHIO, BYDD ANGEN HELP ARNA I.

DRANNOETH.
BYDD PAWB YN EIN GWELD NI!
DYMA TI, GWISGA'R RHAIN.
PERFFAITH!
ROEDD O WEDI BWYTA 20 BOWLEN O ADENYDD CYW IÂR.
AMDANI!

6
DWI'N EDRYCH MOR HURT!
ACTIO MAEN NHW'N EI ALW O. ACTIA!

PENNOD 6

Y DDIHANGFA FAWR

HELÔ!
YDY SAM...
Y! ROGER, DWI'N
FEDDWL. HEN
FFRIND I MI.

ROGER
ANHYGOEL.
MI WEITHIODD O!

YYY, PAM MAEN NHW'N EICH GADAEL CHI'N GORWEDD FEL'NA?
DIM SYNIAD. I GAEL UN HUNLUN OLA?
WELAIS I ERIOED NEB YN CRIO WRTH FWYTA BRECHDAN O'R BLAEN.
Y PETH OLA DWI EISIAU YN FY ARCH YDY BRIWSION RHYWUN ARALL.

MAM SAM!
DYDY HYN DDIM YN MYND I WEITHIO! MI GAWN NI'N DAL!
YMLACIA, DYDY HI DDIM YN GWYBOD EIN BOD NI YMA.
PAM AR Y DDAEAR RYDACH CHI'CH DWY YMA?

YYYMMM, DEUD FFARWEL WRTH EIN HEN FFRIND ROG...
FI SY' 'MA, Y LEMBO. PAM RYDACH CHI YMA?
Roger
FYDDAI UNRHYW UN YN HOFFI DWEUD GAIR?!
BRYSIA! RYDYN NI'N MYND I DY SLEIFIO DI ALLAN I FYND AR Y TRIP!
TY'D, BRYSIA!!!
RHO HWN DROS DY BEN

SAM! SUT RWYT TI, BACH? GWNEUD YN WYCH YN YR YSGOL, DWI'N CLYWED!
IA, YR YSGOL... YDW...
PAN ADAWODD EIN GREGORY NI YR YSGOL GYNRADD...
MAE'N DDRWG GEN I, RHAID I MI FYND I ASTUDIO. MAE GEN I BRAWF YFORY!
O...
ROEDD EIN GREGORY NI...

DYN DA OEDD ROGER, WRTH EI FODD YN CASGLU'R MODELAU BACH YMA.
Roger
AR UN ADEG, ROEDD GANDDO DROS 200 O'R PETHAU BACH DEL.
DYMA CLAUDINE.
BE YDY'R SŴN YNA??

ROEDD FEL SGRECH OFNADWY
YN ATSAIN YN FY MHEN.

TY'D!
YSBRYD!
AAAA!
BWCI-BO!!!
BWCI-BO!!!

MAE RHYWBETH BOB AMSER...
Kogek
AAAA!!!
BRYSIWCH!!
RHAID I NI FOD YN YR YSGOL MEWN CHWARTER AWR!
DWI ERIOED WEDI RHEDEG MOR GYFLYM YN FY MYWYD!
DŴR!

DWI'N FALCH MAI MISS JONES DREFNODD Y TRIP ELENI.
HELÔ!
ROEDD UN Y LLYNEDD YN OFNADWY!
AMGUEDDFA MATHEMATEG
IAWN, BAWB! NOFIO YN GYNTAF, WEDYN TAITH I'R GORS.
GOBEITHIO BOD PAWB WEDI DOD Â DILLAD SBÂR! MAE'R GORS YN FWDLYD IAWN.

DIAL AR NADINE – DYNA'R OLL SYDD AR FY MEDDWL I.
BE OS YDY HI'N TRIO FY MRIFO I YN Y PWLL NOFIO?
A FYDDAI'N WELL GEN TI FWYTA YMENNYDD I FRECWAST NEU GAEL PYSGOD YN DRAED?
IAWN, PAWB SYDD ANGEN TŶ BACH, EWCH REIT SYDYN
DILYNWCH FI AR TIKTOK
A FYDDAI'N WELL GEN TI...

DWI'N GWYBOD MAI TRIO CODI 'NGHALON I OEDD REBECCA, OND DYRNAU NADINE OEDD AR FLAEN FY MEDDWL.
PAM MAE HI'N FY NGHASÁU I GYMAINT? DYDW I ERIOED WEDI GWNEUD DIM BYD IDDI.
O AM FEDRU DWEUD RHYWBETH, OND BOB TRO DWI'N TRIO, DWI'N METHU!
WYT TI'N MYND I DDWEUD RHYWBETH?
YMMM...

PAN GYRHAEDDON NI, ROEDD Y PWLL YN ENFAWR! WNES I FWYNHAU CYMAINT NES I FI BRON AG ANGHOFIO 'MOD I'N POENI.
DIM DEIFIO
HEI, EDRYCHWCH! WALRWS!
WYT TI'N NERFUS?
YDW. DWI'N POENI NA FYDD DAD YN DDYN CLÊN. BE OS YDY O'N GAS FEL NADINE?
PAID Â MEDDWL HYNNY. MAE'N SIŴR O FOD YN GLÊN. WNEI DI FYTH WYBOD HEB GWRDD AG O.

DWI'N LLWGU!
DWI'N MYND I GAEL DIOD OER!
DWI AM GAEL SGLODION!
BE GOBLYN YDY HWNNA? PAM MAE GEN TI BLASTER AR DY BEN-ÔL?
O MAM BACH!

MAE TYLLAU YN DY DDILLAD ISA'! WYT TI'N DLAWD?
ROEDDET TI'N FFRÎC CYNT, OND MAE HYN YN WAETH FYTH!
HA HA HA HA HA HA
EWCH O'MA! EWCH O'MA!

ALLWN I DDIM DWEUD WRTH MISS JONES. DOEDDWN I DDIM AM I BAWB WYBOD BOD GEN I BLASTER MAWR HYLL AR FY MHEN-ÔL.
BAROD? BYDDWN NI'N GADAEL YN Y MAN!
HI YDY'R FFRÎC, DDIM TI!

DWI ERIOED WEDI TEIMLO CYMAINT O GYWILYDD.

AR Y GORS.
IAWN, PAWB I RANNU'N DIMAU O DDAU!
SAM, MI AWN NI AR HYD Y LLWYBR!
GWYCH...
LLWYBR
TAITH NATUR EFO CRACKLE. DYNA YDY'N SYNIAD I O UFFERN.
EDRYCHWCH! MESEN!
DWI'N CASÁU MES!
PLONC

MAE NEIDIO MEWN MWD YN GYMAINT O HWYL.
SBLASH-FOM!
PAM RWYT TI MOR GLÊN WRTHA I?
DIM SYNIAD. ACHOS DY FOD DI'N FFRIND I FI?
TI YDY FY FFRIND CYNTAF ERIOED.

HEI, EDRYCHA. UN FFRÎC, DWY FFRÎC...
DA!

BRIFA HI!
BŴM! HAHA! HWRÊ!

FRANKIE!
DOEDDET TI DDIM YN HAEDDU ENNILL Y GYSTADLEUAETH GELF!
YR UNIG RESWM WNEST TI OEDD AM FOD DY FAM YN YR YSBYTY.
MISS TUCHAN!
HAHA!

BE AR... DOEDDET TI DDIM FOD I GODI!
BLOCIO
SHAUNA! BRIFA HI!
ROEDD Y GWERSI KARATE YN DDEFNYDDIOL IAWN!
CLATSH

LWC 'MOD I HEB WISGO FY NILLAD GORA AR Y TRIP.
NADINE! DOEDDWN I DDIM YN TRIO!
BE YDY'R OGLA' 'NA??

ROEDD O'N DRIP DA AR Y CYFAN.
WELAIST TI EI HEN WYNEB HI PAN GODAIST TI? ANHYGOEL!
DWI'N NINJA RŴAN
DWI'N METHU COELIO 'MOD I WEDI METHU HYN!
ARHOSA'N LLONYDD!
MI RYDW I!
IAWN, WYT TI'N BAROD?
DWI'N BAROD!
MAE GEN I FLASAU BLASUS AR GYFER Y DAITH!

PAN DDYWEDODD MAM FOD DAD WEDI GADAEL PAN OEDDWN I'N FABI, OEDD HI'N GOLYGU I'R GOFOD? BOSIB MAI DYNA PAM DWI HEB EI WELD O.
30
FFERYLLFA
TYBED YDY DAD YN HOFFI HUFEN IÂ?
TYBED YDY *ALIENS* YN HOFFI BWYD OER?
WWW! ALLWN NI BRYNU HUFEN IÂ? DWI'N LLWGU ETO!

PENNOD 7

DIFLAS YW BOD YN NORMAL

BE YDY HWNNA??
POP OREN EFO HUFEN IÂ! T'ISIO BLAS?
Blodau
MAE GOLWG AFIACH ARNO.
DIM DIOLCH.
MAE'R UN EFO COLA YN WELL FYTH.
METHU CREDU DY FOD DI'N MYND I GYFARFOD DY DAD! WYT TI'N NERFUS?

WN I DDIM SUT DWI'N TEIMLO. MAE FY YMENNYDD I'N RASIO ERS ORIAU.
RHYBUDD
WN I DDIM SUT MAE HI'N TEIMLO!
ACHUBWCH EICH HUNAIN!
MAE GEN I GYW IÂR YN Y POPTY!!
PWY ADAWODD FLAS BLASUS YN Y DRÔR TEIMLADAU?

FRANKIE?
SORI. ROEDD FY MEDDWL I'N BELL
MAE ANGEN I NI FEDDWL AM GWESTIYNAU.
PRYDAU
'BETH YW DY HOFF GERDDORIAETH DI?' YN GYNTAF.

BE AM 'BE YDY DY HOFF FWYD DI?'
DA! 'WYT TI'N HOFFI PAN FYDD BWYDYDD YN CYFFWRDD Â'I GILYDD?' – DWI'N CASÁU HYNNY!
BE AM OFYN SUT UN OEDD O, DY OED DI?
YDY O'N CASÁU OGLEUON DRWG HEFYD?
RHECHODD MAM YN Y CAR UNWAITH. MI WNES I CHWYDU YN FY MAG PENSILIAU, ROEDD O MOR DDRWG.
SUT RWYT TI'N MYND I DY GYFLWYNO DY HUN?
SÊL

HELÔ, FRANKIE YDW I. TI YDY 'NHAD I!

IAWN, OND MAE'N WELL I NI GADW AT Y CYNLLUN, RHAG OFN!
SÊL
YDY HYN YN RHAN O'R CYNLLUN?
RHAID I NI GAEL HON!
SUPER MARIO AR YNYS YOSHI!
YDYCH CHI'N GWYBOD PA MOR BRIN YDY HON? – A SBÏWCH AR Y PRIS!!
DYDW I ERIOED WEDI CHWARAE MARIO.

MI GEI DI CHWARAE EFO NI, OND PAID Â DWEUD HYNNY BYTH ETO.
TYBED YDY *ALIENS* YN CHWARAE GEMAU FIDEO? BE OS MAI NHW DDYFEISIODD NHW?!
CIGYDD
FFASIWN

MAE ANGEN STEIL NEWYDD ARNAT TI.
HEI, TRIA HON!
WYT TI'N GALL?
BE AM HWN?
DYNA WELLIANT, SAM! DIOLCH!

GAD I NI WELD!
IAWN! DWI'N BAROD!
TYNNU COES!

RŴAN, MYMRYN O BERSAWR YN LLE DY FOD DI'N OGLEUO FEL CORS.
BETH AM ADAEL DY WALLT YN RHYDD?
YDY, MAE'N WELL I FYNY, A DWEUD Y GWIR

DILLAD NOS
EDRYCHA! CRACKLE AR GRWYDR!
AC MAE HI'N EDRYCH AR NICARS!
GAD I FI WELD!
MAE'N DOD!!
SHH
HEHE

O 'MA!

DWI'N MEDDWL EIN
BOD NI'N AGOS AT DŶ
NAIN A TAID!
AR Y STRYD YMA
MAE O RYWLE.

CI
PERYGLUS

MAE 'NGHALON I'N CURO FEL DRWM YN FY NGHLUSTIAU!
ANADLA.

YCH A FI!
YDY, MAE HWNNA'N UN FFRES!
MAE O'N DOD I FFWRDD.

HEI!
CHI!
GADEWCH LONYDD I FY RHOSOD!!
O'MA!

HWN YDY O, Y TŶ CYNTAF! RHIF 68.
DYWED HELÔ WRTH DY FRODYR A DY CHWIORYDD...

YN Y CYFAMSER, YN FY YMENNYDD...

DWI'N TEIMLO'N SÂL!

CNOC
CNOC
TRIA ETO! RHAG OFN EU BOD NHW HEB GLYWED.
COFIA'R CYNLLUN! GOFYNNA A HOFFEN NHW EIN NODDI NI.

MI GLYWAIS I CHI'R TRO CYNTAF!!!
WELL I NI FYND ADRE?

WEL, PWY SY 'NA?!
HELÔ, WNEWCH CHI'N NODDI NI?
SORI AM SIARAD DRWY'R TWLL LLYTHYRAU.
68
DWI 'MOND YN AGOR Y DRWS PAN DWI'N DISGWYL RHYWUN. DEWCH I MEWN.

AT BE RYDYCH CHI'N CODI PRES?
AR GYFER GWYDDONIAETH! PETH MOR WYCH AC ATI.
EFALLAI 'MOD I'N HEN, OND DWI DDIM YN DWP.
DWI'N CHWILIO AM DAD... EFALLAI'I FOD O'N BYW YMA. MARK SAUNDERS YW EI ENW.

MARK OEDD ENW FY NGŴR, OND MI OEDD O'N DDIGON HEN I FOD YN DAID I TI! ROEDD O'N 68!
PAM RWYT TI'N CHWILIO AMDANO FO?
MAE PAWB YN MEDDWL 'MOD I'N WAHANOL... DWI'N TEIMLO'N WAHANOL A DWI DDIM YN GWYBOD PAM.
DOES DIM BYD O'I LE AR FOD YN WAHANOL, PWT.
DYNA'R PETH GORAU GALLI DI FOD.

MAE BOD YN NORMAL MOR DDIFLAS. DYMA FI YN YR 1980AU.
AWST 1984
WAW! CHI YDY HON? OEDDECH CHI'N PYNC?
OEDDWN! AC YN DAL I FOD. DOES DIM RHAID CAEL YMDDEOLWYNION PAN FYDDWCH CHI'N HEN.

PENNOD 8

GRADDIO

ALLA I DDIM DWEUD WRTH NAIN A TAID LLE BUES I AR ÔL Y TRIP.
BLE RWYT TI WEDI BOD? ROEDD Y TRIP DROSODD AM DRI!
ROEDDEN NI'N SWP SÂL YN POENI AMDANAT TI!
HOGAN DDRWG!
DYWEDAIS EIN BOD NI WEDI MYND AR GOLL. FFONIODD NAIN JERRY, A RŴAN DWI DDIM YN CAEL MYND ALLAN AM FIS CYFAN!
SUT GALLA I CHWILIO AM DAD RŴAN?!
ABBEY, TRO FO I CORONATION STREET

DRANNOETH.
BE DDIGWYDDODD I TI?
DWI DDIM YN CAEL MYND ALLAN AM 3 WYTHNOS. DWI'N LWCUS AR ÔL Y BUSNES EFO ROGER, MEDDAI NAIN.
DWI'N CAEL MYND ALLAN OND DYBLU'R TASGAU GWAITH TŶ.
DWI'M YN CAEL MYND ALLAN AM FIS!
MAE HYN YN RÊL POEN! DYLEN NI FOD YN HAPUS! DYMA'R WYTHNOS OLA YN YR YSGOL!
FRANKIE! EISTEDDA!

ROEDD YSGOL YN AFIACH HEDDIW, A DOEDD PETHAU FAWR GWELL GARTREF.
GORFFENNA DY WAITH CARTREF AC YNA, GWELY!
AM 8 O'R GLOCH??
GA I WYLIO CARTŴNS?
CNOC

SYRPRÉIS!
MAM!!
DWI 'DI DY GOLLI DI CYMAINT!!
DWI 'DI DY GOLLI DI YN FWY O LAWER NA FRANKIE.
OCÊ, OCÊ! GA I DDOD I MEWN? DYNA DDIGON AM Y TRO.

DIOLCH AM EU GWARCHOD NHW, MAM.
CROESO SIŴR! MAE'N BLESER EU CAEL NHW YMA.
AC MI GLYWAIS I BE WNEST TI. GAWN NI SGWRS GARTRE.
HOGAN DDRWG IAWN!!

YN ÔL I FY HOFF LE.
YSBYTY
MAE MAM YN DAL I FOD YN FLIN.

A-HEM!!
DWI'N SORI, MAM

CHEI DI DDIM CRWYDRO FEL'NA.
WN I.

U W
Y
FRANKIE! SUT RWYT TI? EDRYCH 'MLAEN AT YR HAF?
GAWN NI NEWYDD DA HEDDIW, DOCTOR? DWI WIR EI ANGEN O.

RHAID BOD DY FAM YN GWELD I'R DYFODOL. NEWYDDION GWYCH A DWEUD Y GWIR! RWYT TI WEDI TYFU CYMAINT, DOES DIM ANGEN RHAGOR O APWYNTIADAU!
WIR-YR??
WIR-YR, A DIM RHAGOR O BIGIADAU CHWAITH.

WEL, DYNA DDECHRAU DA I'R HAF!
IA, OND DWI'N DAL YN METHU MYND ALLAN.

O'R DIWEDD! DIWRNOD OLA'R YSGOL!
I DDECHRAU DWI AM LONGYFARCH PAWB YM MLWYDDYN 6 AM ORFFEN YN YR YSGOL GYNRADD.

TA-TA TEI-BO HUNLLEFUS!
ALLA I DDIM CREDU BOD Y DYDD WEDI DOD.
TA-TA CRACKLE!

HWYL
PICASSO
WNEI DI LOFNODI 'NGHRYS I?
WNEI DI LOFNODI F'UN I?
DOEDD DIM ANGEN LLWYTH O LOFNODION ARNA I – DIM OND Y DDAU ORAU.
REBECCA
SAM

ROEDD UN PETH AR ÔL
DOEDDWN I DDIM YN EDRYCH
YMLAEN ATO O GWBL.
CANLYNIADAU'R PRAWF MATHEMATEG!
C+
AMHOSIB! DWI DDIM YN CREDU HYN!
GES I A!
WNES I DDIM METHU MATHEMATEG!
SAM

NATUR
SAM
ROEDD CELF HYD YN OED YN WELL. GES I FY 'A' GYNTAF. BOSIB BOD FY YMENNYDD I YN GWEITHIO, FELLY!

DYDY NADINE DDIM WEDI CAEL NEWYDDION DA.
BLWYDDYN 6
CAU DY GEG, TWPSYN!

DOSBARTH 2022

YDACH CHI'N MYND I GOLLI'R LLE MA?
BYDDA I'N EI GOLLI FEL Y BYDDWN I'N COLLI GWYLIO GOLFF... SEF DDIM O GWBL.
MI FYDDA I'N COLLI'R DOSBARTH CELF, OND DIM BYD ARALL!
A FI! MAE MISS JONES YN WYCH!

ALLWN I DDIM AROS I DDWEUD WRTH SENSEI 'MOD I WEDI FY AMDDIFFYN FY HUN.
MI GODODD EI DWRN, AC MI WNES I EI BLOCIO HI FEL HYN!
ROEDDWN I'N UNION FEL TI AR UN ADEG.
BRIAN WATTS OEDD YR UN OEDD YN GWNEUD FY MYWYD I'N UFFERN.

BE WNAETHOCH CHI I'W STOPIO FO?
DIM. AETH HYN YMLAEN AM FLYNYDDOEDD NES I MI DDYSGU FY AMDDIFFYN FY HUN.
YNA UN DIWRNOD...
BLOCIO
WOW!

AR ÔL HYNNY, WNAETH O BYTH SBIO ARNA I ETO!
COFIA DI HYN – NID PROBLEM EFO TI SYDD GAN Y BOBOL YMA, OND PROBLEM EFO NHW'U HUNAIN.
EFALLAI EI FOD O'N IAWN.

GES I SEREN AUR YN FY MHRAWF SILLAFU!
DA IAWN, ABBEY! GWYCH.

PAM GOBLYN DWI'N DAL I GEFNOGI'R RHAIN?! AM DÎM DA I DDIM.

DWI DDIM YN GWYBOD SUT DWI'N MYND I DDOD O HYD I DAD RŴAN A MINNAU DDIM YN CAEL MYND ALLAN.

CNOC
CNOC
PAM RYDACH CHI'CH DWY YMA?!
MAE'N MAMAU NI'N DWEUD Y CAWN NI AROS Y NOS!

MAE'R WYTHNOSAU DIWETHAF WEDI BOD YN ANODD AC MAE PAWB YN HAEDDU DATHLU!

WYT TI'N LICIO MARIO KART?
C'MON! C'MON!
GÊM

ROEDD DDOE YN HWYL GARW.
OEDD, OND MI FYDDAI'N FWY O HWYL FYTH 'TAWN I'N CAEL MYND ALLAN.
DWYT TI DDIM YN CAEL MYND ALLAN? RYDYN NI'N AROS Y NOS!
DDIM OND AM HENO, MAE'N SIŴR, WEDYN YN ÔL I'R UN DREFN FORY.
NEU EFALLAI DDIM!
IA, EFALLAI DY FOD DI'N CAEL MYND ALLAN RŴAN.

SYNIAD GWAEL, EFALLAI, OND...
BE AM FYND I'R DRE FORY, I'R TŶ ARALL?
...IAWN!
WN I'M. DWI'M YN SIŴR FAINT MWY O WAITH TŶ GALLA I EI WNEUD!

IAWN, PEIDIWCH AG EDRYCH ARNA I FEL'NA!

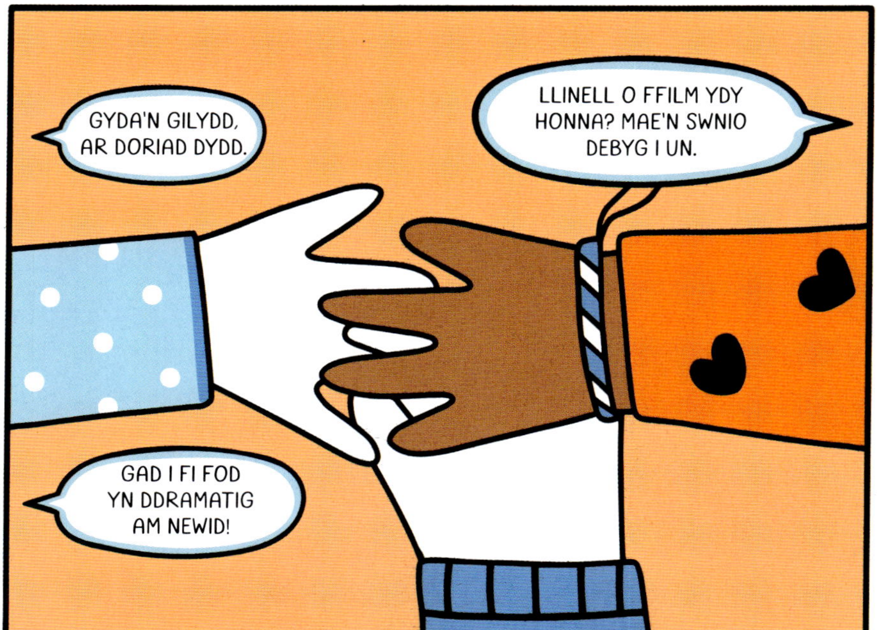
GYDA'N GILYDD, AR DORIAD DYDD.
LLINELL O FFILM YDY HONNA? MAE'N SWNIO DEBYG I UN.
GAD I FI FOD YN DDRAMATIG AM NEWID!

PENNOD 9

TŶ DAD

DRANNOETH.
GOFYNNA DI. DY FAM DI YDY HI!
NA, GOFYNNA DI!

MAM, GAWN NI FYND I'R GANOLFAN SIOPA HEDDIW?
CEWCH, SIŴR. WNA I FYND Â CHI MEWN 20 MUNUD.

DWI MOR NERFUS, MAE FY STUMOG I'N TROI FEL PEIRIANT GOLCHI.
YR HAF OLA CYN I CHI FYND I'R YSGOL UWCHRADD!
TYBED A FYDDWCH CHI YN YR UN DOSBARTH ETO?
GOBEITHIO!
MAE'N GAS GEN I DDWEUD CELWYDD WRTH MAM, OND FYDDAI HI BYTH YN DEALL.

MI DDO' I I'CH NÔL CHI AM 7! OS OES ANGEN, DEFNYDDIA FFÔN SAM.
MWYNHEWCH!!
MAE'R BWS YN DOD!!!
BWS

BARGEINION I BAWB
DOES DIM DIGON O LE!
BWS
WEL AM ANGHWRTAIS!
OND...
BARGEINION

ARHOSON NI AM OES AM Y BWS NESAF.
PIW PIW
DWI BRON AR LEFEL 8 RŴAN!
MOR AGOS!
BYDDWCH YN DDISTAW!
WN I'M BE YDY'I PHROBLEM HI. MAE'R SŴN YNA'N FWY ANNIFYR O LAWER.
GO IAWN!
CLINC
COLA
CLANC
CLONC

NA, CHLOE, GEST TI UN YR WYTHNOS DIWETHA! WYT TI'N CREDU BOD FFÔN YN TYFU AR GOEDEN?
NID NI OEDD Y MWYA SWNLLYD.
AR BE WYT TI'N EDRYCH? FFRÎC!

EIN STOP NI SYDD NESA', DWI'N MEDDWL
OS CLYWITH MAM BLE RYDW I, BYDDA I MEWN CYMAINT O DRWBWL.
BYDDWN NI'N ÔL MEWN PRYD – DWI WEDI RHOI LARWM AR FY FFÔN.
IAWN – DOD O HYD I STRYD COLLEN SY NESA.
BLAS
12
BECWS BETI
14
DILL
COFFI
DAU BECYN O FEFUS AM DAIR PUNT!

SALON
PYSGOD
GAWN NI FYND, PLIS?!
PAID Â CHWYDU, PAID Â CHWYDU!

MAE'R OGLA'N DAL YNA! MAE ANGEN PEG ARNA I AR FY NHRWYN I.
FRANKIE...
MAE FY FFÔN I WEDI MARW.
PAM WNEST TI CHWARAE'R GÊM WIRION 'NA?!
MAE'N IAWN, MAE FFÔN GEN I! BE YDY'R CYFEIRIAD?
MAE'R CYFEIRIAD AR FY FFÔN. Y CYFAN DWI'N EI GOFIO YDY RHIF 28 A BOD Y TŶ ODDI AR STRYD COLLEN.

DYDY HYNNY'N FAWR O HELP! BE WNAWN NI RŴAN?
SORI AM DDIFETHA DY DDIWRNOD DI. BETH AM I TI, YM, GAEL DY FFÔN DY HUN AC YN YMUNO EFO'R 21AIN GANRIF?

Cerddoriaeth Fyw
TREF 2
TECAWÊ
BWYD →
BAR -
PEIDIWCH! MAE PAWB ARALL YN MYND FFOR'MA.

TATŴS
GWESTY
AR AGOR
FFORDD 'MA, DWI'N ME...
SAM?! REBECCA??!
SUT GALLA I FEDDWL EFO SGYRSIAU POBL ERAILL YN LLENWI 'MHEN I?!!

AILOSOD!
AILOSOD!!
SAM!

HA HA
FRANKIE!
DYMA NI!

DYNA'R 5 MUNUD MWYA DYCHRYNLLYD ERIOED.
BE AM HOLI FAN HYN!
HEDDLU
IAWN
EDRYCHWCH, RYDYN NI AR STRYD Y DDERWEN!
MAE RHODFA CELYN FAN HYN! HONNO YDY HI?
YDYCH CHI'N IAWN?
YDYN, DIOLCH. TRIO GWELD SUT MAE CYRRAEDD RHODFA CELYN.

I'R CHWITH WRTH FYND ALLAN, DILYN Y FFORDD AT TESCO, TROI I'R DDE, WEDYN I'R CHWITH, WEDYN I'R DDE ETO, PASIO'R FFLATIAU A DYNA CHI!
BE DDYWEDOCH CHI AR ÔL TESCO?... ALLWCH CHI DDWEUD HYNNA ETO?
GWIN LLAN
MAE 'NGHALON I AR FIN FFRWYDRO, WIR-YR.
PRINT MÂN
SIOP PAPURAU NEWYDD
DYDW I ERIOED WEDI BOD MOR NERFUS Â HYN!

DOEDD O DDIM YN DŶ MAWR. ROEDD O'N EDRYCH YN FACH A'R PAENT AR Y DRWS YN PLICIO.
28

IAWN, DWI'N MYND I ANADLU'N DDWFN AM 'CHYDIG AC YNA...
CNOC CNOC
26
28
BE GOBLYN! PAM GWNEST TI HYNNA? DYDW I DDIM YN BAROD!

WNEWCH CHI'N NODDI NI AR GYFER TAITH GERDDED?
SIŴR IAWN! OES GENNYCH CHI FEIRO?
FO YDY O, FO YDY DAD! MAE'N RHAID! RYDYN NI MOR DEBYG I'N GILYDD.

28
DWI'N MEDDWL MAI CHI YW 'NHAD I!

DYDW I DDIM YN GWYBOD BE I'W DDWEUD RŴAN.
YDW I'N GOFYN PAM WNAETH O A MAM WAHANU?
NEU A YDY O'N *ALIEN*?
NA, ALLA I BYTH OFYN HYNNY YN GYNTAF!

TY'D! MEDDYLIA AM GWESTIYNAU.
ALLA I DDIM CREDU DY FOD DI YMA!

SUT GEST TI HYD I FI? NEWYDD SYMUD YN ÔL O LUNDAIN RYDW I.
SAM! FYDDWN I DDIM WEDI GALLU GWNEUD HYN HEBDDI HI.
GES I 'A' MEWN CYFRIFIADUREG. DWI'N REIT GLYFAR.
PA FATH O FIWSIG RWYT TI'N EI HOFFI?
ROC, PYNC, CLASUROL. DWI'N CHWARAE GITÂR HEFYD!

RO'N I'N POENI Y BYDDET TI'N FFAN O DDIM OND MIWSIG POP!
CAWSON NI BANED A BISGEDI.
FY FFEFRYN I!
WYT TI'N *ALIEN*?

MAE RHAI'N MEDDWL 'MOD I'N OD. DWI EISIAU GWYBOD PAM DWI'N OD.
RO'N I'N MEDDWL EFALLAI Y BYDDET TI'N OD HEFYD.
MAE'N ANODD I MI WNEUD FFRINDIAU. WEL, MAE GEN I FFRINDIAU RŴAN OND, TI'N DEALL...
YDW... DWI'N COFIO FY NYDDIAU YSGOL. CES I FY MWLIO'N WAEL.
A FI!! MI WNES I HERIO FY MWLI Y DIWRNOD O'R BLAEN.
NADDO!

RYDYN NI'N UNION 'RUN FATH.
BE YDY DY HOFF FWYD DI?
WAFFLS
A FI!!

YDY DY FAM YN GWYBOD EICH BOD CHI YMA? WELL I NI EI FFONIO HI I DDWEUD WRTHI EICH BOD CHI'N IAWN.
DYDY HI DDIM YN GWYBOD EIN BOD NI YMA – MAE'N MEDDWL EIN BOD NI YN Y GANOLFAN SIOPA.
LCOM

PLIS PEIDIWCH Â FFONIO MAM! MI FYDDA I'N GORFOD TREULIO'R HAF YN GWERTHU RWTSH.

PENNOD 10

Y CANLLAW CYFLAWN I FYD FRANKIE

MAE HI AR BEN ARNON NI!
YDY. WELA I CHI YN 2076 OS YDACH CHI'N FYW PAN FYDDA I'N CAEL MYND ALLAN ETO.

ROEDD DAD YN CERDDED 'NÔL A BLAEN YN Y GEGIN AR ÔL FFONIO MAM.

PAN GYRHAEDDODD MAM, DOEDD HI DDIM YN EDRYCH YN GAS, DDIM OND YN SIOMEDIG
(COELIWCH FI, DWI'N NABOD YR OLWG SIOMEDIG)
AR RADDFA RHWNG SERO A SIOMEDIG, MAE HYN YN SIOMEDIG x 10
RYDYN NI'N MYND I GAEL SGWRS SYDYN. FYDDWN NI DDIM YN HIR.

BE MAEN NHW'N DDWEUD? DWI'M YN GALLU CLYWED DIM BYD.
PAID!

MI WNAETH YCHYDIG FUNUDAU DROI'N AWR.
SELSIG YN LLE BYSEDD AM BYTH, NEU RECHU 50 GWAITH Y DYDD?
RHECHU. HAWDD!
BYSEDD SELSIG. MI FYDDWN I'N GWISGO MENIG O HYD.
YN YR HAF? BYDDET TI'N CHWYSU PEINTIAU.
CYMRU YDY FAN'MA, COFIO?
DWI'N CASÁU HYN.

EISIAU CHWARAE 'FYDDAI'N WELL GEN TI' ETO?
NAC'DAN!!
MAM!
O NA!
AAA!

DWI DDIM YN CAEL MYND ALLAN BYTH ETO, MAE'N SIŴR.
NAG WYT.
BE ?!?
MAE DY DAD EISIAU TRAFOD RHYWBETH PWYSIG EFO TI. DYDY'R FFAITH NAD YDAN NI EFO'N GILYDD DDIM YN GOLYGU NA CHEI DI EI WELD O NA SIARAD EFO FO.

ROEDD O'N CHWYS DOMEN.
MAE EI DDWYLO'N AFLONYDD, FEL PETAI O'N TRIO YSGWYD DŴR ODDI ARNYN NHW.
DYNA'R ANADL DDYFNAF GAN NEB ERIOED!
WYT TI'N COFIO 'MOD I WEDI CAEL FY MWLIO? ROEDD POBL YN MEDDWL 'MOD I'N OD HEFYD.
NAWR 'MOD I'N HŶN, DWI'N DEALL RHAI PETHAU'N WELL.

Y LLYNEDD, MI GES I DDIAGNOSIS O AWTISTIAETH.
BE YDY HYNNY?! YDW I'N GALLU'I DDAL O GEN TI?
MAE YMENNYDD DY DAD YN GWEITHIO YCHYDIG YN WAHANOL, DIM BYD MWY.

YDY DY YMENNYDD DI WEDI TORRI?
DDIM O GWBL! MAE O FEL CAEL SYSTEM WAHANOL – MAE'N GWEITHIO MEWN FFORDD ARALL!

CES I FY NHRIN FEL RHYWUN O'R TU ALLAN AM FLYNYDDOEDD, NES I MI SYLWEDDOLI DOES DIM OTS BETH YW BARN POBL AMDANA I. OS DYDYN NHW DDIM YN FY HOFFI I, EU COLLED NHW YDY HYNNY.
BYDDWN I'N DWEUD Y PETH ANGHYWIR AR YR ADEG ANGHYWIR HEFYD. DWI'N DAL I WNEUD WEITHIAU! AC MAE HYNNY'N IAWN.
ROEDD HI'N ANODD CANOLBWYNTIO YN YR YSGOL HEFYD, AM EI BOD HI'N RHY SWNLLYD. YDY HYNNY'N DIGWYDD I TI?
ROEDD POPETH DDYWEDODD DAD YN WIR AMDANA I. A FINNAU'N MEDDWL MAI DIM OND FI OEDD FEL HYN.

BŴM
DYMA'R TRO CYNTAF I FY NHEIMLADAU DDOD AT EI GILYDD.
FELLY DWYT TI DDIM YN *ALIEN*?
NAC YDW, SORI.
YDY HYNNY'N GOLYGU NAD YDW I CHWAITH?

GAWN NI FYND ADRE RŴAN? DWI WEDI BLINO'N LÂN.
WN I, RWYT TI WEDI CAEL DIWRNOD HIR. MAE TIPYN I'W DRAFOD, OND DOES DIM BRYS.
PAID Â GWISGO HWNNA – MAE'N EDRYCH YN OFNADWY.
PAM MAE HI YMA!?

O NA!
DYMA FY NGHARIAD I, RACHEL!
RACHEL YW EI MAM HI?

YDY HYNNY'N GOLYGU...
EI BOD HI'N CHWAER I FI?!! DYDW I DDIM EISIAU HYNNY.
DYDW I DDIM EISIAU BOD YN CHWAER I TI CHWAITH.
FY HUNLLEF WAETHAF
MEDDYLIWCH – NI'N DWY, YN CHWIORYDD?? BYDDAI'N WELL GEN I WRANDO AR FIWSIG POP AM BYTH.

PAM MAE DAD YN MYND ALLAN EFO HI O BAWB? O'R HOLL BILIYNAU O BOBOL ERAILL AR Y BLANED!
O LEIAF DYDY HI DDIM YN BYW EFO FO!
MAE SAM YN IAWN. WELI DI BYTH MOHONI – 'MOND ANLWC EI BOD HI YNO HENO.
IA, A SBIA AR YR OCHR OLAU. O LEIA DWYT TI DDIM YN *ALIEN*. GEI DI AROS AR Y DDAEAR EFO NI!
BLE BUOCH CHI MOR HIR? SBÏWCH AR YR AMSER!

ROEDD HI'N OD GWELD DAD AM Y TRO CYNTAF. MAE'R RHAN FWYAF O BLANT YN GWELD EU TAD BOB DYDD!
ROEDD GEN I BOEN YN FY MOL DRWY'R DYDD, OND DIFLANNODD Y MUNUD I NI GYFARFOD!
ESTRONIAID
ADWAITH
PYNC

DWI'N GWYBOD 'MOD I DDIM YN *ALIEN*, OND BYDDAI'N BRAF MYND AR LONG OFOD 'RUN FATH.
TAITH I'R TEULU I'R BLANED MAWRTH
OND DIM OND TAITH FER!
AFELL
ANKIE
GA I DDOD I MEWN?
SORI, FRANKIE. DYLWN I FOD WEDI TRAFOD DY DEIMLADAU DI YN AMLACH... DO'N I DDIM YN GWYBOD BE I'W DDWEUD.
MAE'N IAWN – CARU TI.

MAE SAWL PETH WEDI NEWID DROS Y DDAU FIS DIWETHAF.

MAE DAD YN RHOI GWERSI GITÂR I FI. FELLY Y TRO NESA GWELWCH CHI FI, MAE'N SIŴR Y BYDDA I'N ENWOG.

MAE O'N DAL I FYND ALLAN EFO MAM NADINE, OND RYDW I HEB EU GWELD NHW DRWY'R HAF.

A GWNEWCH CHI FYTH DDYFALU... DWI'N EITHA TEBYG I DAD.
DIAGNOSIS O AWTISTIAETH
OCÊ, YN DEBYG IAWN I DAD
MAE SAM A REBECCA YN GWYBOD.
MAE HYNNA'N SYNHWYROL IAWN, O FEDDWL AM Y PETH!
ANHYGOEL! WYT TI'N GALLU GWELD DRWY DUNIAU BISGEDI?
BE? DOES GEN I DDIM PWERAU HUD, REBECCA.

FY YMENNYDD I

DOEDD FY YMENNYDD I DDIM YN GWYBOD BE I'W WNEUD OHERWYDD BOD Y LLAWLYFR ANGHYWIR GANDDO.
O'R DIWEDD!!
Y CANLLAW CYFLAWN I FYD FRANKIE
EFO'R CANLLAW CYWIR, MAE PETHAU'N WELL NAG ERIOED.

DYDW I NA NEB DDIM YN BERFFAITH,
OND O LEIA FI YDI FI!

ESTRONIAID
ADWAITH
TY'D O'NA, RYDYN NI'N AROS AMDANAT TI!
DOD, MAM!

GWENWCH!!!

DIOLCHIADAU

I DDECHRAU, DIOLCH I FY NGOLYGYDDION GWYCH, YASMIN MORRISSEY A RUTH BENNETT, YNGHYD Â LAUREN FORTUNE, AM EU CEFNOGAETH DRWY GYDOL Y GWAITH O GREU *BYD FRANKIE*. MAE EICH EGNI, EICH ANOGAETH A'CH AMYNEDD WEDI BOD YN DDIHAFAL. ROEDD GWEITHIO GYDA CHRIW MOR ANHYGOEL, SY'N RHANNU FY NGHYFFRO I AM *BYD FRANKIE*, YN UN O BROFIADAU MWYAF CALONOGOL FY MYWYD. RWYF WEDI TEIMLO'R EGNI HWNNW YM MHOB CYSYLLTIAD Â CHI AC MAE'N WERTH Y BYD, FELLY DIOLCH.

I HOLL AELODAU TÎM SCHOLASTIC, Y RHAI DWI WEDI CWRDD Â NHW'N RHITHIOL A'R RHAI DWI HEB EU CYFARFOD ETO. DIOLCH AM YR HOLL AMSER A'R EGNI A RODDOCH I BYD FRANKIE AC AM HELPU I DDOD Â'R LLYFR YN FYW.

I ANDREW BISCOMB, TRACEY CUNNELL A RACHEL LAWSTON AM YCHWANEGU HYD A LLEDRITH I BYD FRANKIE AC AM RANNU ARBENIGEDD SYDD WEDI MYND Â'R LLYFR HWN YMHELL Y TU HWNT I FY HOLL FREUDDWYDION.

I ALEX HYNES, AM HELPU I DDATBLYGU'R FFONT A'I DDEFNYDDIO AC AM FY NGHEFNOGI I O BELL BOB AMSER.

I FAITH, FY ASIANT. DIOLCH AM GREDU YNOF I AC AM GEFNOGI FY HOLL YMDRECHION. RWYT TI WEDI FY YSGOGI AC WEDI RHOI CYFLE I FI PAN OEDD POBL ERAILL YN GYNDYN O WNEUD HYNNY. DIOLCH AM DY AMYNEDD, DY GAREDIGRWYDD AC AM BOPETH RWYT TI WEDI'I WNEUD DROSOF ERS I NI GYFARFOD AM Y TRO CYNTAF.

I FY MHARTNER, KARL. DIOLCH O GALON I TI AM DY HOLL GEFNOGAETH. RWYT TI WEDI GWNEUD CYMAINT DROS Y BLYNYDDOEDD (DYDY HYNNY DDIM YN OR-DDWEUD) AC WEDI BOD WRTH FY OCHR DRWY'R CYFAN. HEB AIR O GELWYDD, TI YW'R PERSON MWYAF ANHYGOEL DWI ERIOED WEDI'I GYFARFOD.

I FY FFRINDIAU BONNIE, MARISA A CHRIS AM DDANGOS I FI BETH YW GWIR FFRINDIAU AC AM FY NERBYN I FEL RYDW I. RYDYCH CHI YNO BOB AMSER, HYD YN OED OS NAD YDW I'N EICH DISGWYL CHI.

I MAM A DAD, SYDD WEDI'N GADAEL NI BELLACH, OND DWI'N GWYBOD EICH BOD CHI'N DISGLEIRIO UWCH FY MHEN BOB DYDD.

I'M CHWAER ORLA, FY NITH CALLA A'R HOLL DEULU, AM BOPETH.

I NANA AM FY NGHEFNOGI I, AM FOD WRTH FY OCHR I DRWY FY NYDDIAU COLEG AC AM FY ANNOG YN FY MLAEN.

I YNCL DAN, AM GERDDED I'R SIOP GYDA FI BOB AMSER AC AM FY NGHYFLWYNO I FYD O DDYCHYMYG A HWYL.

AC YN OLAF, DIOLCH ARBENNIG I:

WILL MCDERMOTT, A RODDODD GYFLE I FI YN FY NGHYFWELIAD AR GYFER Y COLEG AC A RODDODD HEN DABLED DARLUNIO I FI FLYNYDDOEDD YN DDIWEDDARACH. FE WNAETHOCH CHI GYMAINT O ARGRAFF AR FY MYWYD AC FE FYDDA I'N FYTHOL DDIOLCHGAR AM EICH CAREDIGRWYDD.

MARC DOYLE, AM FY ANNOG I DDAL ATI I DDARLUNIO AR ÔL EDRYCH AR FY HEN LYFRAU NODIADAU – "AOIFE! DYMA'R MAES I TI!" – DYNA DY EIRIAU. DYDW I BYTH WEDI ANGHOFIO'R DIWRNOD HWNNW YN YR ORIEL GELF GENEDLAETHOL.

I TOM, JOHN A CON, FY NARLITHWYR YN SEFYDLIAD TECHNEGOL DULYN, AM EI DWEUD HI FEL YR OEDD HI BOB AMSER. DIOLCH AM EICH CEFNOGAETH BARHAUS (HYD YN OED AR ÔL DYDDIAU COLEG) AC AM YR HOLL ATGOFION MELYS.

BETH YW AWTISTIAETH?

CYFLWR ANWELEDIG A CHYMHLETH SY'N EFFEITHIO AR BOBL O'U GENEDIGAETH YW AWTISTIAETH. MAE'N GYFLWR DATBLYGIADOL, SY'N GOLYGU BOD SUT MAE PERSON YN CYFATHREBU A RHYNGWEITHIO Â PHOBL ERAILL, A SUT MAE'N EU DEALL, YN WAHANOL I BOBL HEB Y CYFLWR. MAE'N BOSIB EI DDISGRIFIO FEL 'SBECTRWM', SY'N GOLYGU EI FOD YN EFFEITHIO AR BOBL WAHANOL MEWN FFYRDD GWAHANOL, I RADDAU GWAHANOL AR ADEGAU GWAHANOL AC MEWN SEFYLLFAOEDD GWAHANOL.

DYDY AWTISTIAETH DDIM YN BODOLI FEL GRADDFA AR LINELL, GYDA PHOBL AR UN PEN SYDD 'YCHYDIG YN AWTISTIG' AC YN PROFI AMBELL HER MEWN AMBELL FAES, A PHOBL AR Y PEN ARALL SY'N 'HYNOD O AWTISTIG' AC YN PROFI'R HOLL HERIAU DRWY'R AMSER. DYDY HYNNY DDIM YN ADLEWYRCHU PROFIAD POBL O AWTISTIAETH.

MAE MEDDWL AM AWTISTIAETH FEL SBECTRWM YN GYSYNIAD LLAWER MWY BUDDIOL A CHYWIR, O RAN DEALL AMRYWIAETHAU POBL AWTISTIG A'U NODWEDDION UNIGOL.

OHERWYDD BOD POBL AWTISTIG YN GALLU CAEL PROFIADAU GWAHANOL MEWN MEYSYDD PENODOL FEL PROSESU SYNHWYROL A CHYFATHREBU, MAE AWTISTIAETH YN SBECTRWM AC NI FYDD GAN BAWB YR UN GWAHANIAETHAU. MAE'N GWBL BOSIB Y BYDD UN PERSON AWTISTIG YN MWYNHAU SIARAD YN GYHOEDDUS AC YN HOFF IAWN O GADW AT DREFN BENODOL. AR Y LLAW ARALL, BYDD CYFATHREBU AR LAFAR YN HYNOD ANODD I BERSON AWTISTIG ARALL OND BYDD YN MWYNHAU MYND I LEFYDD NEWYDD HEB ORFOD PARATOI FAWR DDIM. MAE'R SBECTRWM AWTISTIAETH YN UN LLYDAN IAWN AC MAE'N EFFEITHIO AR BOBL MEWN GWAHANOL FFYRDD, I NIFER FAWR O RADDFEYDD AMRYWIOL. FELLY NID OES NEB AR Y SBECTRWM YN BYW GYDA'R UNION UN EFFEITHIAU Â RHYWUN ARALL.

TESTUN DRWY GANIATÂD CAREDIG ASIAM.
EWCH I ASIAM.IE AM RAGOR O WYBODAETH.

FFEITHIOL A FFUG

WRTH DRAFOD AWTISTIAETH, MAE'R UN MOR BWYSIG GWYBOD BETH SYDD DDIM YN WIR AG Y MAE I WYBOD BETH SYDD YN WIR. MAE YMWYBYDDIAETH O AWTISTIAETH WEDI TYFU'N SYLWEDDOL YN YSTOD Y BLYNYDDOEDD DIWETHAF, OND RYDYN NI'N DAL I FOD YN GYMDEITHAS NAD YW'N DEALL AWTISTIAETH MEWN GWIRIONEDD. ER BOD LLAWER O BOBL WEDI CLYWED Y GAIR, NEU HYD YN OED YN ADNABOD RHYWUN SYDD Â'R CYFLWR, MAE LLAWER HEFYD YN METHU ESBONIO BETH YW AWTISTIAETH NEU DDEALL SUT MAE POBL AWTISTIG YN MEDDWL.

DOES DIM EMPATHI GAN BOBL AWTISTIG

MAE HWN YN GWNEUD I FI CHWERTHIN BOB TRO A DWI'N GWYBOD Y GALL LAWER O BOBL AR Y SBECTRWM UNIAETHU Â HYN, OND DWI'N CREDU EIN BOD NI'N TEIMLO POPETH SYDD I'W DEIMLO.

OND DOES DIM GOLWG AWTISTIG ARNAT TI

MAE 'SUT OLWG SYDD AR BERSON AWTISTIG?' YN GWESTIWN SY'N GWRTHOD CYDNABOD BOD AWTISTIAETH YN ANWELEDIG. DOES GANDDO DDIM SIÂP, MAINT NA LLIW.

DOES DIM ANGEN FFRINDIAU AR BOBL AWTISTIG

MAE'R RHAN FWYAF O BLANT YN DYMUNO CAEL FFRINDIAU A BOD YN RHAN O BETHAU, A DYDY PLANT AWTISTIG YN DDIM GWAHANOL.

DYDY POBL AWTISTIG DDIM YN DEALL HIWMOR

DYDW I DDIM YN DEALL POB JÔC, MAE HYNNY'N WIR! OND DWI'N DWLI AR GOMEDI AC YN DEALL POB MATH O HIWMOR AR Y CYFAN.

MAE POBL AWTISTIG YN FATHEMATEGWYR GWYCH

DWI'N SIŴR BOD NIFER FAWR O DDEWINIAID MATHEMATEGOL YM MHOB CWR O'R BYD, RHAI'N AWTISTIG, RHAI DDIM. OND DYDW I DDIM YN UN OHONYN NHW.

MAE POBL AWTISTIG YN METHU...

MAE GAN BAWB ALLUOEDD. MAE HYN YN CYNNWYS POBL AWTISTIG. DDYLEN NI BYTH DYBIO BOD RHYWUN AWTISTIG YN METHU GWNEUD RHYWBETH. YN HYTRACH, FE DDYLEN NI FOD YN TRAFOD SUT GALLWN NI ROI PŴER I BOBL AWTISTIG FEL EU BOD NHW'N GALLU CYMRYD RHAN.

SUT I FOD YN FFRIND DA

MAE SAWL FFORDD O FOD YN FFRIND DA, FEL MAE SAM A REBECCA I FRANKIE. FFRIND YW RHYWUN SY'N DY GEFNOGI DI, SYDD YNO PAN MAE PETHAU'N ANODD, RHYWUN SY'N GWRANDO AC YN BWYSICACH NA DIM, RHYWUN RWYT TI'N GALLU YMDDIRIED YNDDO NEU YNDDI. ROEDD HI'N ANODD I MI WNEUD FFRINDIAU PAN OEDDWN I'N TYFU I FYNY, AC MAE'N GALLU BOD YN UNIG WEITHIAU OS NAD YW POBL ERAILL WIR YN DY DDEALL DI. DYMA AMBELL BETH DWI WEDI'I DDYSGU SYDD WEDI FY HELPU I FOD YN FFRIND DA AC I SYLWI PAN MAE RHYWUN YN FFRIND DA I FI. DYDY BOD YN GAREDIG YN COSTIO DIM, AC MAE'N BOSIB Y BYDDI DI'N LLONNI CALON RHYWUN.

MAE FFRINDIAU GO IAWN YN DY GEFNOGI DI AC YN DY ANNOG YMLAEN.

DWI'N HOFFI TRIN POBL ERAILL FEL YR HOFFWN I GAEL FY NHRIN.

PAN FYDD RHYWUN YN CAEL EI FWLIO, SAF AR DY DRAED A CHODA DY LAIS. FE ALLET TI FOD O HELP MAWR I RYWUN.

MAE FFRINDIAU GO IAWN YN GWRANDO AC AM HELPU OHERWYDD EU BOD YN POENI AMDANAT TI.

MAE FFRINDIAU GO IAWN YN DY DDERBYN DI AM BWY WYT TI.

BETH YW DY ENW UWCH-ARWR DI?

DEWISA'R MIS PAN GEST TI DY ENI A LLYTHYREN GYNTAF DY ENW ER MWYN DOD O HYD I DY ENW UWCH-ARWR DONIOL!

ION CAPTEN
CHWE Y FELLTEN
MAW Y FANANA
EBR Y SEREN
MAI Y BRENIN/Y FRENHINES
MEH DOCTOR
GOR Y BLAIDD/Y FLEIDDES
AWST Y LLEW/Y LLEWES
MED Y BARWN/FARWNES
HYD Y CAWR/Y GAWRES
TACH MEISTR/MEISTRES
RHAG Y DARAN

A MALDODUS MEDDAL
B SERENNOG WIB
C RHEIBUS RHADLON
D ANFFAELEDIG
E OREN CAMPUS
F/FF HUD A LLEDRITH
G ARWROL
H WIBL WOBL WYCH
I BLIN A BLEWOG
J ANNAEAROL
K GWALLTOG MWYN
L/LL GWYLLT A GWIRION
M RHADLON RHAMANTUS

N CADARN CYHYROG
O ANDROS O ARSWYDUS
P EGNÏOL ENFAWR
Q DAWNUS DEALLUS
R/RH BEIDDGAR BONCYRS
S SWNLLYD TANLLYD
T ARUTHROL
U BODLON SERCHUS
V ANFARWOL ANHYGOEL
W SARRUG SWTA
X FFLAMLLYD RHYFEDDOL
Y ANSBARADIGAETHUS
Z BENDI-BONGOS

SGWENNU
(LOT O SGWENNU)
DWDLS
SAETHU
SGORIO

YR AWDUR

AWDUR, DARLUNYDD A DIGRIFWRAIG O DDULYN, IWERDDON YW AOIFE AC MAE WEDI ENNILL SAWL GWOBR.

MAE AOIFE YN AML YN RHANNU EI PHROFIADAU O GAEL DIAGNOSIS O AWTISTIAETH PAN OEDD YN 27 OED, A SUT MAE HYNNY WEDI EI HELPU I DDECHRAU DEALL EI HUN O DDIFRIF.

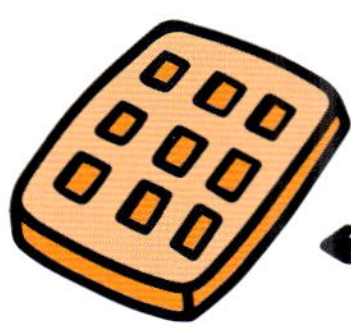

FY HOFF FWYD HYD HEDDIW

DILYNWCH AOIFE AR TWITTER AC INSTAGRAM
@AOIFE_DOOLEY

IE!
WPS!